小学館文庫

大阪マダム、後宮妃になる！

二回戦は熱闘猛虎黎明編

田井ノエル

小学館

Osaka Madame Kokyu-hi ni naru

目次

大阪マダム、後宮妃になる!
二回戦は熱闘猛虎黎明編

登場人物

大阪マダム、後宮妃になる!

二回戦は熱闘猛虎黎明編

Osaka Madame Kokyu-hi ni naru
CHARACTERS

典《てん》嶺《れい》
凰朔国の前帝。故人。

秀《しゅう》蘭《らん》
凰朔国の皇太后。

最《さい》黎《れい》
天明の兄。故人。

天《てん》明《めい》（亮《りょう》）
凰朔国の皇帝。

乍《さく》颯《そう》馬《ま》
天明の腹心の部下。

遼《りょう》博《はく》宇《う》
遼星霞の父。

後宮

鴻《こう》蓮《れん》華《か》（鴻徳妃）
豪商の令嬢。前世の記憶を持つ。

陳《ちん》夏《か》雪《せつ》（陳賢妃）
大貴族の令嬢。正一品。

劉《りゅう》貴《き》妃《ひ》
将軍の家系・劉家の娘。正一品。

王《わん》仙《せん》仙《せん》（王淑妃）
新しく正一品の一人となる。

遼《りょう》星《せい》霞《か》（遼昭儀）
元・正一品の淑妃。九嬪に降格。

陽《よう》珊《さん》
蓮華の侍女。

朱《しゅ》燐《りん》
蓮華の侍女。

傑《けつ》
王仙仙の侍女。

スタメン発表　大阪マダム、また来たで！

「バースもええけど……超《スーパー》ひらパー兄さんも、アリやと思うんです」

「……は？」

「考えたら、顔の方向性がちゃうねん。主上《しゅじょう》さん、ひらパー兄さん路線のほうが似合ってるんです。イケメンやからって、あぐらかいてたらあきまへん。これでテコ入れしましょう！」

鴻蓮華《こうれんか》は熱弁をふるい、「皇帝」と書かれた二枚の布をつまみあげた。

「お前は、なにを言っているのだ」

「ええですか。笑顔の国づくりには、強烈な顔《ネタ》が必要やねん。やりましょう、『超凰《おう》朔《さく》兄さん』を！　アピールしましょう！」

ひらパー。正式には、ひらかたパーク。大阪《おおさか》府枚方《ひらかた》市にある遊園地だ。その二代目イメージキャラクターをつとめているのが、「超ひらパー兄さん」こと岡田准一《おかだじゅんいち》である。イケメンのアイドルが「オレやで!!」を意味する関西弁、「わいでおまっ!!」のキャッチコピーを掲げて、パークの宣伝をしているのだ。これを取り入れたら、絶対にインパクトがある。国民からの人気は急上昇まちがいなしや。知らんけど。

凰朔国随一の商家と謳《うた》われる鴻家。その令嬢、蓮華に、なぜこのような知識があるのかというと、理由があった。

蓮華は日本という国の大阪で生まれ、難波《なんば》で育ち、道頓堀《どうとんぼり》で死んだという——前世の記憶を持っている。居酒屋たこ焼きチェーン店で働くアラサー独身女だった。

前世の世界で蓮華は早くに父親を亡くし、母親が女手一つで育ててくれた。紫色のパンチパーマがトレードマークのオカンである。蓮華の人格は、大阪のオカンによって形成されたと言っても過言ではない。

強くたくましく、清くて賢い大阪の女。あんな女性を、蓮華はずっと目指していた。いや、今だってそうだ。蓮華はオカンのような大阪の女——大阪マダムを志している。オバハンちゃうで。マダムや。

前世で蓮華が死んでしまったのは、あの夜。阪神タイガース、念願の優勝を飾った日だった。栄光の一九八五年以来、久々の日本一に大阪は浮かれていた。

そんな中、誰かが、カーネル・サンダースを道頓堀へ投げ入れようとしていたのだ。

阪神タイガースが優勝した八五年、道頓堀にカーネル・サンダースが放り込まれた。すると、その後の年、あんなに強かった阪神の成績が低迷したのだ。ほんまのドン底。理不尽に道頓堀へ放り込まれたカーネル・サンダースに呪われたという噂《うわさ》になった。

その再現をするかのような光景だ。たぶん、酔っ払いの悪ノリ。

蓮華は必死で止めた。またカーネル・サンダースを道頓堀に沈めたら、今度は阪神どころか大阪まで呪われてしまう。結果、蓮華はカーネル・サンダースを守り、代わりに道頓堀へ落ちて溺れ死んだのだ。そして、大阪は守られた。知らんけど。

死んだあとはなんの因果か、この凰朔国へと転生していた。もしかすると、助けたカーネル・サンダースのご加護かも。

蓮華には前世の記憶が色濃く残っているせいか、関西弁やノリが抜け切らなかった。侍女からは口酸っぱく注意されているが……関西人は一生治らへんわ。一回、死んだけど。

「わけがわからない……」

そして、蓮華の提案に頭を抱えつつも、渋々返答してくれている青年は凰亮天明《おうりょうてんめい》。凰さん家《ち》の亮さんで、成人後は天明さん、という名前のルールだ。

凰朔国において、凰姓を名乗るのは皇族である。馴《な》れ馴《な》れしく接してしまっているが、天明は凰朔国の皇帝なのだ。ほんまやで。

「ええ考えやと思ったのに……」

蓮華は肩を落としながら、「皇帝」の布《ゼッケン》を置く。これを左右の胸に一枚ずつ貼ってもらうつもりだった。

　ここは後宮。国中の美女が集められた女の園。たった一人しかいない皇帝のために妃《きさき》たちが侍《はべ》る場所だ。蓮華も後宮の妃として入宮した。位は徳妃《とくひ》。鴻家の徳妃という意味で、鴻徳妃とも呼ばれていた。

　蓮華は天明の寵妃《ちようひ》ということになっている。空席の正妃《せいひ》の次にえらい。貴族ではない、商家の妃としては大躍進だ。本来なら、セ・リーグ優勝くらい喜ばしい。

　しかし、あくまでも、そういう設定だった。

　天明は皇太后の秀蘭《しゆうらん》打倒という目的を達成するため。そして、蓮華は後宮で自由に商売をするために、いわゆる同盟関係となった。これは、周囲には秘密である。一部の人間を除いて、蓮華は天明の「お気に入り」だと思われていた。

「しかし、こんな真っ昼間から後宮へ来はるなんて、えらい珍しいですね。せっかくやから、お庭でたこ焼き食べます？」

「そうだったか」

「せやで。いつも夜や。主上さん、最近は真面目に仕事してはったから。どういう風の吹き回しです？」

　天明はあいまいに受け答えしながら、「好きにしろ」と選択を放り投げる。言葉どおり、蓮華にまかせるのだろう。丸投げ。

　好きにしてもいいのなら、そうしようではないか。

「なら、庭で待っといてください。うちは、たこ焼き調達してきます」

蓮華は天明に断りを入れて、すたこらさっさと駆けた。

あんま待たせても悪いし、ちゃっちゃといくで。蓮華は勝手知った芙蓉《ふよう》殿の回廊を突き進む。

朱色に塗られた柱や飾りの細かい窓枠など、絢爛豪華《けんらんごうか》な妃の殿舎だ。ちょっと急ぐと、いくつも垂れさがった虎柄の窓帘《カーテン》が揺れる。虎の壁画は雄々しくて、めっちゃテンションあがってきた。調度品や飾りは黄色と黒が中心、つまりタイガースカラーが基調となっていた。すべて蓮華の趣味でリフォームされている。

蓮華の歩調にあわせてゆらゆらと揺れる披帛《ひはく》という肩掛けも、虎柄である。派手でよく目立っているし、なにより力強いと評判だった。

たまには豹柄《ひょうがら》も着たいんやけどなぁ、とも思う。だが凰朔では、豹が見つかっていない。刺繍《ししゅう》で表現しようにも、発注すると、絶妙にコレジャナイ不格好な水玉模様に仕上がってしまうのだ。物足りない。

庭の一部を削って造った広場では、下働きの女たちがキャッチボールをする姿が見えた。芙蓉殿では、シフト制の勤務を採用している。休日や休憩時間になると、みんなああやって、ボールを持ち出して野球の練習をするのだ。きゃっきゃと黄色い声が聞こえて、蓮華も気分がよくなる。

「あ、鴻徳妃。おはようございます！」

「蓮華様！　おはようございます！」

下働きたちが蓮華の存在に気づいて頭をさげる。

邪魔してしもたかな。蓮華はできるだけ、お淑《しと》やかな笑顔で手をふった。大阪マダムと言ったたって、今は皇帝の奥様《マダム》やからな。

「みんなしっかり練習して偉いなぁ」

「はい！」

「とても楽しいのです！」

弾んだ返事を聞いて、蓮華はうんうんとうなずく。っと、あかんあかん。主上さん待たせてたんやわ。

芙蓉殿に加えたリフォームは、飾りや調度品ばかりではない。広すぎる庭の一部に広場を造り、正面玄関も改築して、たこ焼き店を運営している。

「たこ焼き三つ、急ぎでもらわれへん？」

蓮華は店舗で働く者たちに注文をした。下働きたちは、蓮華がいきなり訪れて少々慌てていた。

「鴻徳妃。たこ焼きならば、誰ぞに申しつければ持ってゆきます！」

「自分で来たほうが早いと思って。それに、客入りのチェックもしたかってん」

売れ行きを確認するのも経営者の仕事だ。そして、喜ばしいことに今日も芙蓉殿のたこ焼き店には、行列ができている。大盛況、大盛況！

すべて、蓮華が築きあげた努力の結晶だ。ベースに鴻家の財力と、天明との同盟関係があるのはたしかだが、ここまで軌道にのせたのは蓮華の手腕だと信じている。自画自賛や。

まだまだ、いろいろやってみたい。野球を国民的スポーツにしたいし、吉本《よしもと》新喜劇も開きたい。夢は尽きなかった。

「お待たせしました、鴻徳妃」

「おおきに。はい、百万円」

「ひゃく……万円……？　円、とはなんですか？　代金は、ちょうどに見えます」

「ごめんな。そういう慣用句みたいなもんやと思っといて」

蓮華はできたてのたこ焼きを受けとりながら、お代を渡す。自分の店だが、売り上げに貢献するのは当たり前。

木の皮を加工して作った舟形の容器に、丸っとしたたこ焼きが八つ並んでいるのを見ると、ソースの開発に苦労した記憶が蘇《よみがえ》った。青海苔《あおのり》や鰹節《かつおぶし》は、偶然、市場で見つけたが……残念なことに、凰朔国には——蛸《たこ》がいない。

そう。これは完璧なように見えて不完全。蛸なしのたこ焼きなのだ。代わりに、味をつけた魚や、肉、チーズなどが入っている。

「絶対、見つけたるで。蛸……！」

いつか、完全なたこ焼きを作る。

いろいろ目標はあるが、目下《もっか》のところ、一番大事なミッションだった。


そんな蓮華の気などよそに、天明が息をつく。

庭の東屋《あずまや》で待たされていたからなのか。たこ焼きを持ってくるなり、蓮華が蛸への執着を語ったからなのか。はたまた、それら全部に対してか。

「お前は……本当にあいかわらずなのだな」

「だって、蛸……蛸がないと、たこ焼きやあらへん……」

「ああ、うるさい。その泣き言は何度目だ」

「泣き言やない。主張です！」

面倒くさそうに文句を垂れる天明と向かいあうように、蓮華は椅子に座る。

しかしまあ……やっぱ、顔がええなぁ。

切れ長の目は理知的だが、瞳は澄んだ宝珠のようでもあった。黒いのに、見つめれば見つめるほど、奥へと広がっていくような錯覚に陥る。スッととおった鼻梁《びりょう》や、唇の形にはメリハリがあって、西域《さいいき》の彫刻の雰囲気もあった。

楊枝《ようじ》を持つ指は長く、節くれ立っている。しっかりとした男らしい手だ。だが、ソースがつかぬよう、サラサラで長い髪を耳にかける動作は女人のような色気もあって……たこ焼きを持ちあげて、口に運ぶだけの動きが、ここまで絵になる男がいるだろうか。いや、おらへん。

うちはバースみたいな、ここ一番で頼りになる漢《スラッガー》が好みなんやけど、イケメンはイケメンで目の保養やわ。やっぱ、超凰朔兄さん路線が正解やろ。

「あいかわらずなんは、どっちやねん。色男がもったいない……」

蓮華は不貞腐《ふてくさ》れながら、たこ焼きを口へ放り込んだ。牛すじ煮込みが入っている。ま、蛸やないけど、これはこれでありやな……いや、やっぱり蛸欲しいわ。たーこー!

「は?」

「お嫁さん探したらどうですかって、言うてるんですわ」

「嫁……なんの話だ。妃が山ほどいるではないか。増やす意味がない」

「言葉のあやです。たとえや!」

正確には、新しい寵妃探しだ。蓮華はお互いの利害のため、仮の寵妃となっているに過ぎない。

こんなところで暢気《のんき》にたこ焼きなど食べているが、天明は皇帝なのだ。早く世継ぎを作らなければならない。

ここは日本とはちがう価値観の世界だ。後宮だって、皇族の血を絶やさないためのシステムだった。そうでなければ、このような場所は無駄でしかない。無意味だ。

「主上さん、後宮で芙蓉殿以外へは通ってはります？　夏雪《かせつ》や劉貴妃《りゅうきひ》も、別嬪《べっぴん》さんやろ。みんな主上さんの奥さんなんや。いくら忙しいからって、ほったらかしはあきまへん」

ここは美女を集めた後宮だ。蓮華のところばかりへ来るのは、もったいない。

もちろん、蓮華だって後宮に入れたのだ。問題のない美人だろう。姿見には、前世の自分が仰天するほどの美女が映る。目元がキリッと、シュッとした印象の顔立ちだ。虎柄の着物がよう似合うから、個人的にはありだった。

けれども、後宮にはそれを超える美女がたくさんいる。先に名をあげた陳《ちん》夏雪たちは、蓮華のイチオシだった。

「お前は俺に、他の妃と寝ろと言っているのか……」

「なに言うてはるん。恥ずかしいんやったら、お茶会開きましょうか？」

「必要ない。お節介だ」

蓮華が提案するも、天明は面倒くさそうに首を横にふる。頑固だ。女好きの無能皇帝と呼ばれていたとは思えない。そもそも、演技だったのだが。

皇帝の天明と、皇太后の秀蘭は対立していた。政の実権は秀蘭がにぎり、天明は長らく無能な傀儡《かいらい》のふりをしていたのだ。天明は秀蘭を斃《たお》すための策を講じていたが……蓮華が二人を和解させた。

今の天明は、政の実権をにぎる皇太后秀蘭のもとで実績を作っているところだ。傀儡のふりをしていた期間が長く、まだ天明には力がない。いずれ天明が政を行うための準備期間というわけだ。

大事な時期なので女遊びをしている場合ではないが、世継ぎだって大切である。

「お節介って。うちは後宮の妃やから、主上さんにはお世継ぎ作ってもらわなあかんのです！」

「妃なら、妃らしくしようとは思わないのか。お前こそ理解しているか？」

「うちが紹介したカップルは、みんな結婚してくれたんです。友達からも、キューピッドやって評判でしたわ」

蓮華は胸を張って主張する。前世の蓮華は独身のまま死んでしまったが、いかんせん、友人の結婚率は非常に高かった。蓮華が仲介すると、必ず結婚できるとまで言われていたほどだ。紹介の腕には自信がある。

「嘉富留《かっぷる》……喜友人《きゅーぴっど》……なにがなんだかわからない。どうして、お前がそんな役目を買って出ようとする……妃なのに」

いや、だって。うちなんて興味ないでしょ？

前世の蓮華は凄腕《すごうで》仲介人であったが、同時に彼氏いない歴イコール年齢でもあった。こうなってくると、気づいてしまう。うん。蓮華には恋愛の才能が、ない！

「主上さん。新しい正一品《しょういっぽん》には会いましたか？　えーっと、遼淑妃《りょうしゅくひ》の代わりで……」

「王《わん》淑妃か」

「せや、せや。王淑妃。もう、お会いになったんですか？」

「いや」

「なんでぇ!?」

現在の後宮には、正妃がいない。そのため、徳妃、賢妃、貴妃、淑妃で構成される正一品が実質の頂点だった。徳妃の蓮華も、このうちの一人に数えられる。

以前の淑妃は、遼家の星霞《せいか》だったが、一段下の九嬪《きゅうひん》に降格されたので、しばらく淑妃は空席が続いた。

ようやく新しい淑妃に決まったのは、蓮華の知らない妃だった。

後宮の位は序列になっており、普通は下から順にあがっていく。蓮華はてっきり、九嬪の中から新たな淑妃が決まるのだと思っていた。けれども、淑妃となったのは……後宮に入ったばかりの新入りだったのだ。

まったくのダークホース。突然現れた新星《ルーキー》だった。

王家は貴族だが、今の凰朔国での地位はあまり高くない。下級とまでは言わないが、せいぜい中級。Bクラスだろう。ドラフト会議だと、二巡目の指名か。

もともと、天明は専《もっぱ》らの女好きで通っていたので、「主上に見初められたのでは?」というシンデレラストーリーの噂も立っている。だが、天明のエア女遊びを知っている蓮華は、これには別の意図があると考えた。もちろん、天明が気に入って寵妃に選んでいても、蓮華に文句はないのだが……。

「うち、まちがってます?　主上さんは、なんか理由があって淑妃を選ばれたんでしょ?　せやのに、会わへんの?」

今の凰朔国では政の体制が変わろうとしている。実権をにぎる秀蘭から天明へ移すため。それもあるが、この機に前時代的な旧体制を廃し、新しい仕組みを作ろうとしているのだ。力のある貴族が政を牛耳るのではなく、能力のある者を登用する。

蓮華の感覚では当然の制度に思うが、やはり、凰朔では大変にむずかしい改革だろう。天明はいつも疲れた顔をしており、よく見ると、目の下にはクマもあった。

王淑妃の大抜擢《だいばってき》にも、政が関係するはずだ。

「大きなお世話だ。お節介め。芙蓉殿へ来てまで、そのような話は聞きたくない」

いつのまにか、天明はたこ焼きを一人前ぺろりと平らげていた。とくにためらう様子もなく、二つ目の舟に手を伸ばす。彼は本当に蓮華の出すものをよく食べてくれる。

気分はよかった。

「お前は政など気にせず、妃らしく振る舞えばいい。しかし、いまさら妃らしくされても気色が悪い……」

「どっちやねん」

「自分で言っていて、わけがわからなくなった」

「そんなことあります？」

「お前に関しては、言いたいことがまとまらない。とにかく、俺はここへ休息に来たのだから、頭の痛い話はよせ。それよりも、いつものくだらん話をしろ」

「なんやねん。その、関西人なら、おもろいこと言うて当然みたいな要求は！」

天明は本当におつかれさんのようだ。物憂げな視線で、芙蓉殿の池をながめている。

蓮の花が咲き、魚の泳いだ波紋がときどき水面《みなも》を滑っていた。美しい芙蓉殿と、手入れの行き届いた庭の景色は、現実味がない。これが現実のはずなのに、今でもやっぱり、どこか遠い国の御伽噺《おとぎばなし》に迷い込んでいる気分だった。

大阪のオカン、元気かなぁ……。

「関西人？　お前は凰朔の人間だろう」

天明が当たり前のように突っ込んでくるので、蓮華は我に返る。そうだ。蓮華はもう、凰朔の人間だ。不審に思われているわけではなさそうだが……誤魔化しておこう。

「主上さん、なかなか突っ込むようになりましたね!」

ボケってことにしておけば、なんとかなるやろ。知らんけど。

天明は呆《あき》れた様子で口を曲げてしまう。いつもの感じだ。

とはいえ、やはり天明はつかれているようだ。束《つか》の間の休息というのは本当だろう。

本物の女遊びならばお尻を叩《たた》いて叱咤《しった》するところだが……これくらい許したるわ。

芙蓉殿でたこ焼き食べて雑談するんで役に立てるなら、朝飯前や。

「あれ、もう帰るんですか?」

たこ焼きをきっちり二人前食べ終わると、天明が席を立つ。

もっと、ゆっくり話していけばええのに。

「ああ、あまり長居すると秀蘭が気づく」

「抜けて来たんかいっ!」

「叩くな……」

「あ、すんません。ついツッコミが!」

ノリで肩をバシバシ叩いてしまうのは蓮華の悪い癖だが、天明はあまり気にしない様子で息をつくだけだ。ええ加減、もう慣れたんやろな。

皇城へ帰る天明を見送るため、蓮華もついて歩く。

実は表から出入りするのは目立つので、こっそりと芙蓉殿と皇城を繋《つな》ぐ抜け道を作っていた。夜は公的な訪問として記録に残すが、昼間はひっそりと来ている。

天明の背を見ながら、蓮華はつい笑みを漏らした。

「主上さんと、秀蘭様が上手《うま》くやってて嬉《うれ》しいですわ」

「上手くなどと……」

「秀蘭様には、はよ引退してもろて安心させたいですね」

「子供のような扱いをするな」

「してへん、してへん」

皇城への出入り口には、乍颯馬《さくそうま》が立っていた。

芙蓉殿の庭と、皇城の庭を繋げ、そこを通り道にしている。高い生け垣が並んでいるが、一部だけとおれるようにしたのだ。蓮華は皇城へ行かないが、天明にとっては便利らしい。

皇帝陛下を颯馬に無事引き渡し、蓮華の役目はひとまず終わりだ。本当に休憩しに来ただけだったが、少し話せてよかった。

「ほな、主上さん。おおきに……あ！」

生け垣の向こう側へ歩いていく天明の服を、蓮華はとっさにつかんだ。

「あかんあかん、忘れてたわ。飴《あめ》ちゃん、持っていき！」

急に引きとめられて天明は怪訝《けげん》そうにしていたが、蓮華が飴を差し出した途端に表情が和らぐ。今日、初めて見た微笑だった。

「わかった」

天明は懐紙で包んだ飴を受けとってくれる。文句も多いが、こういう部分は素直だ。サービスして、あと二個、手に持たせた。

「また来てやー」

「行けたら行く」

それ、大阪では「行かへん」やで!

蓮華が手をふると、颯馬が軽く頭をさげてくれる。


こうして、後宮の日常は過ぎていく。朝はみんなでラジオ体操をし、昼間はたこ焼き店のあれこれや野球の練習。何日かに一回、他の妃や天明とのほほんと粉もん食べたり、茶しばいたり。そうやって過ごして、夜はすやすや眠る。

最初はどうなることかとヒヤヒヤしたけど……後宮、案外楽しいわ。


て、思ってたやん?

先発　大阪マダム、気づく！

一

王淑妃。

正妃のいない現後宮において、正一品の四人こそが頂点である。そこへ、いきなり抜擢された期待の新人。やはり後宮の話題をさらっていた。

延州《えんしゅう》を治める王家の娘で、名を仙仙《せんせん》という。

王家は中央の政にはあまり関わらず、ずっと辺境の延州にいた。延州は山と大河を有する土地で、山に住む民族との距離が近い。なにかとむずかしい地なのだが、現在の当主が有能なのだろう。ここ十年は実に安定した統治だと聞く。

天明は話題にしたくないと言っていたが、王淑妃抜擢に政が絡むのだとすれば、やはり人事の関係か。ということは、王淑妃、いや王家は天明や秀蘭の味方だ。反秀蘭派の旧貴族たちを退けるための新勢力になる。

つまり、王淑妃とは仲よくしたほうが得……やな。

損得で人づきあいを考えたくないが、蓮華が天明の足を引っ張るわけにはいかない。

蓮華は名目上、天明の寵妃なのだ。

「まったく、どうなっているのかしら……王家程度が、このわたくしと位が並ぶなど」

仲よくしななぁ……と、思っている蓮華の隣で、高飛車な不満が漏れる。

ゆったりとした真っ赤な衣《ころも》に身を包んだ妃だ。短めの袍《ズボン》からのぞく足は細いが、健康的でスラリとしている。顔がお人形さんみたいで可愛《かわい》らしい。

陳夏雪。大貴族、陳家のお嬢様であり後宮では賢妃の位を戴《いただ》く。陳賢妃とも呼ばれ、蓮華と同じ正一品だった。

「まあまあ。身分とか、どうでもええやろ？　うちかて貴族やないし。つまらんこと言わんと、新人さんとは仲よくしたってや？」

夏雪は生粋のご令嬢だ。考え方が本当にお貴族様である。後宮に入ったころは、蓮華も身分を理由に嫌がらせを受けた。なんだかんだあって、今はこうやってジョギングを一緒にする仲なので、世の中おもろい。

ちなみに、夏雪が着ている真っ赤な衣は、牡丹鯉団《ぼたん・かーぷ》のユニフォームである。

美容と健康のために、運動しましょう！　という、蓮華の布教の甲斐《かい》あって、後宮では空前の野球ブームが到来していた。最初は妃の間で流行《はや》っていたが、今では、女官や下働きの者たちも入り交じっている。

後宮での野球人口は着々と増えており、牡丹鯉団、桂花燕団《けいか・すわろーず》、そして芙蓉虎団《ふよう・たいがーす》の三球団が誕生するに至った。

まだ三球団しかないが、周期を決めて総当たり戦を行う後宮リーグ（通称、コ・リーグ）設立に向けて準備中だ。

夏雪は牡丹鯉団の二塁手《セカンド》兼監督である。舞を得意としており、基本の身体能力が高い。身体《からだ》がやわらかく、機転も利くので二塁手としての才能があった。

もちろん、蓮華は芙蓉虎団の投手《ピッチャー》兼監督である。ユニフォームも、このとおり。上下、白地に黒の縞《しま》模様で作ってある。

後宮では十日に一回程度、蓮華が全体を指導する合同練習をしていた。さらに、各球団ごとにわかれて、日々の練習に励んでいる。今、蓮華と夏雪は余分にプライベートなジョギングを行っていた。

「つ、つまらないこと……べ、べつに……わたくしには、つまらないこだわりなどありません！　そ、そうね。身分はどうだっていいのよ。問題は……そう。わたくしたちと同じ正一品となるのだから、野球くらいはできてもらわなくては困ると言いたいのです。清く正しい凰朔真駄武《まだむ》で在らねばなりません！」

ほんまかいなぁと思いながらも、夏雪の言い訳を蓮華は深く突かないでおく。

夏雪はお貴族様ムーヴが目立つが、それは癖のようなものだ。根は優しくてがんばり屋さんだと、蓮華は知っている。意地っ張りで負けず嫌いなのも、彼女の味だ。

三球団の中で、牡丹鯉団が一番成績が悪い。そのため、こうやって蓮華との毎日のジョギングやキャッチボールを欠かさないのだ。熱心に野球を学び、どうすれば勝てるのか考えている。雑談をしながら、蓮華から野球を学んでいるのだ。

「わたくしが一番、蓮華と一緒に練習しているのですからね。新人の淑妃には負けなくってよ」

「せやね。夏雪はがんばり屋さんやから」

「がんばってなど……わたくしが一番だと、証明したいだけです」

息切れして頰を上気させせながらも、夏雪は胸を張る。

「そうや。みんなでタコパせえへん？　新人歓迎会や」

みんなが仲よくなるには、やっぱりタコパに限る。一緒にたこ焼きを回しているうちに、意気投合するものだ。いや待てよ。串カツもええな……。

「それには及ばなくてよ。近々、お茶会が開かれますから」

「え？　夏雪、お茶会のセッティングしてくれたん？」

「世亭員倶《せっていいんぐ》？　いいえ、こういう場では新しく輪に入る者が場を提供するのが礼儀よ。当たり前でしょう？　それなのに、水仙殿《すいせんでん》へ淑妃が移り住んだと聞いてから、なんの音沙汰もなかったじゃない。わたくしが文を出して、催促しておいたわ」

「あ……あは……せやったんやね。でも、王淑妃も遠いとこから来はったし、知らんかっただけやと思うよ？」

「わたくしの気遣いです。勘違いしないでね、蓮華。都へ来たら、都の慣習に従うのが当然よ」

夏雪は平然とした態度だが、蓮華は苦笑いで返した。

そういう慣習なのだったら、夏雪は正しいのだろう。

蓮華の感覚では新人歓迎会は先輩が開くべきだが、凰朔の貴族文化はちがう。いろんなところで、面倒なしがらみがある。

粉もんや、野球のおかげで後宮の風通しはよくなった。しかし、根底を覆すには、まだ足りないと感じる。一気に変えるのは反発もあるだろう。少しずつ壊していくしかない。そして、凰朔に根づく階級制度は貴族と平民だけではない。下層の貧民層への差別問題もあった。蓮華の芙蓉殿にも、貧民街出身の者がいる。

後宮をもっと自由に。できれば、この国を変えていければいい。

蓮華はそのようなことを、最近、考えるようになっていた。

最初は、好きな商売ができればそれでいいと思っていただけなのに。

いろいろ知ると、人間、欲が出るものだ。

二

正一品の面々には、一人ひとりに殿舎が与えられている。

鴻徳妃には芙蓉殿。陳賢妃には牡丹《ぼたん》殿。劉貴妃には桂花《けいか》殿。そして、新しく加わった王淑妃には水仙殿だ。

殿舎は希望すれば建て直しも可能だが、現在の正一品の妃たちはリフォームに留《とど》めている。それでも、各々のカラーが出ていて面白い。

たとえば、蓮華の芙蓉殿は虎尽くしの猛虎仕様だ。夏雪のいる牡丹殿は、華やかな赤い花の装飾が多くて女の子らしい。といった具合である。

しかし……これは。

「な、なんやねん……この妙な既視感」

王淑妃の茶会が開催される。実際のところは夏雪が催促して開かせたものだが、形のうえでは、蓮華たちは水仙殿に招かれた。時間に遅れないよう、蓮華は水仙殿まで歩いてきたわけだが……漏れた第一声は、素っ頓狂な声だった。

「蓮華様、お言葉が乱れてはりますよ」

ポロッと関西弁を口走った蓮華に、侍女の陽珊《ようさん》がそっと指摘する。小うるさいが、頼りになる侍女頭だ。

「せやけどな……陽珊も訛《なま》っとるで？」

「え!?」

自分でも気がついていなかったのだろう。陽珊が両手で口を押さえる。

陽珊は蓮華が後宮へ入るとき、鴻家の屋敷から連れてきた侍女だ。しかし、昔から蓮華のお目付役だったわけではない。それまでは鴻家の屋敷に奉公していた。後宮入りを機に、蓮華と一緒にいる時間が長くなったのだ。

「関西弁はサクッとうつるからなぁ」

後宮の女大学時代も含めると、蓮華の後宮生活は実に一年程度だ。四六時中、蓮華と過ごす陽珊なら……関西弁はうつる。

地方から関西に移り住み、知らない間に関西弁を駆使するようになった学生や新社会人を、蓮華は何人も見てきた。しゃあない。これが関西弁や。

「れ、蓮華様のせいですよ……！」

「ええって、ええって。ほら、飴ちゃんお食べ」

「いただけるのなら、いただきます……」

もらえるもんは、もらっときー　これも、しっかり大阪根性がうつっている。と、指摘すれば、陽珊はまた困るだろう。

「って、それより……なんやねん、これ！」

おっと、横道それた。

蓮華は目の前の状況に、冷静なツッコミを入れた。

「なんやねん、とは……？」

陽珊は怪訝そうに眉根を寄せながら、水仙殿をながめた。陽珊には、まったくピンと来ないようだ。それもそのはず――。

蓮華がおぼえた違和感、いや、既視感……まずは配色だ。

どこを見ても、橙《だいだい》色と黒を基調としたカラーで埋め尽くされている。この色合い、非常に見覚えがあった。豪華絢爛な凰朔らしい配色と言えばそうなのだが、絶妙にちがう。コレジャナイ。ノリとしては、虎柄に染まった芙蓉殿と近いソレだ。

入口に大きく掲げられた置物は、なんだろう。不格好だが、兎《うさぎ》に見える。橙色に塗られた兎っぽい見た目だ。黒い帽子も被《かぶ》っている。

これ……ジャビットや……！　不細工やけど、ジャビットや！

ジャビットは読売巨人軍《ジャイアンツ》のマスコットキャラクターだ。YとGをモチーフにした橙色の兎のようなキャラである。かなり特徴的なデザインなので、絶妙に不細工な木彫りの置物になっても、わかった。いや、わかってしまった。

さらに、意図しているのか、していないのか。天井からいくつもさがった橙色の窗帘《カーテン》が、あの、あのタオルに見えてくる。うっかり数えてしまったが、長い回廊を歩く間に、三十三枚も垂れさがっていた。そのうち、四枚にジャビットの刺繍がしてある。なんでや。

敵側スタンドで観客が振り回す、あの橙色……巨人戦でよう見る、あれ！　巨人の応援での定番だ。ファンが橙色のタオルを頭の上で回して応援する。通称、タオル回し。もともとは、他球団の応援団が発祥らしいが、阪神に関係ないので、蓮華は詳しい経緯を知らない。

なんや……この気分。

周りが橙色のタオルを振り回しているのに、蓮華一人だけ縞のユニフォームを着て棒メガホンを叩きまくっているような寂しさ……アウェーやん！　阪神側席《ホーム》のチケットが獲《と》れへんくって、しゃーなしで巨人側席《ビジター》で観戦してる気分やわ！　あれ、地味にきっついで！

阪神と巨人の因縁の歴史は長い。

日本のプロ野球において、この二球団の試合は「伝統の一戦」として位置づけられている。リーグが創設されて以来、ライバル関係にあった。

成績は……あまり認めたくないが、歴史的には巨人のほうがいい……いやいや、せやけど、うちが前世で死んでしまった年の阪神は、めっちゃがんばってたんや！　幻の黄金期となった打倒Ｖ９《ブイ・ナイン》時代や、栄光の八五年を超える猛追やった！

一時はリーグ最下位だったが、後半から怒濤《どとう》の二十連勝でクライマックスシリーズまで残った奇跡の年だ。クライマックスシリーズでは宿敵巨人を下《くだ》し、セ・リーグ優勝。そのまま日本シリーズでも全勝し歓喜の完全日本制覇を果たした令和《れいわ》の奇跡――いや、奇跡やない。きっと、翌年も翌々年も、最強猛虎軍団で在り続けているだろう。

ま、うちはカーネル・サンダースの代わりに道頓堀に落ちて死んだんやけど。あー
あ、翌日のデイリースポーツは華々しい一面やったんやろうなぁ……スポーツ雑誌で栄光のタイガース特集が組まれて、テレビでも選手が引っ張りだこ……見たかったたぁ……見たかったなぁ……。

とにかく、阪神巨人戦はプロ野球がはじまって以来、伝統の一戦だ。因縁の対決である。決して、阪神が一方的に巨人を敵視しているわけではない。決して！

「敵地や……敵地や……」

虎柄の襦《じゅ》をまとって歩く蓮華は、この水仙殿が……敵スタンドのど真ん中に感じられてならなかった。足元がフラフラしてきた。

「れ、蓮華様。どうされましたか？　顔色が優れないようですが？」

「大丈夫……ちょっと嫌なこと思い出しただけや」

「左様でございますか……それならよいのですが、蓮華様。これから王淑妃とのお茶

会です。お言葉をお改めください」

「言われんでも、あたり前田《まえだ》のクラッカーや！」

「今し方、言うたばかりでしょう！」

「ほら。陽珊も訛ってるで」

「はっ……れ、れ、蓮華様のせいです！」

とはいえ、凰朔国と日本はいろいろなものが共通している。基本的には昔の中国っぽい文化だが、探せばちゃんと青海苔や鰹節が存在し、醤油《しょうゆ》も手に入った。ちょっと巨人っぽい配色や置物くらい……偶然かもしれない。蛸はおらんけど。

しかしながら、ふと。蓮華のほかにも、似たような境遇の者がいるのではないかと、考えるときがある。文化が一部被っているのも、ときどき引っかかっていた。

万が一……。

「こちらでお待ちください」

水仙殿の者の案内で、蓮華は広めの応接間へとおされた。すでに、ほかの正一品の面々が待っている。

「蓮華、遅くてよ。待ちくたびれたのだから」

まっさきに声をかけてくれたのは、夏雪だった。ユニフォーム姿とはちがい、萌黄《もえぎ》色の襦裙《じゅくん》が愛らしさを引き立てている。

夏雪は化粧で桃色に染めたほっぺを丸め、蓮華に早く着席するよううながす。ふっくらとした桃饅頭《ももまんじゅう》みたいだ。

「鴻徳妃、ごきげんよう」

にっこりと笑いながら座っているのは、劉貴妃だ。

お人形さんのような夏雪とはちがい、背が高くて健康的な印象の美少女である。利発で頭の回転が速いが、好奇心旺盛で楽しいことが大好きだった。桂花燕団の監督兼捕手《キャッチャー》として活躍している。

「みんな、おおきに。お待たせしました」

蓮華も明るく笑いながら着席した。

入口から続いた水仙殿の装飾は頭が痛いものであったが、この応接間は大丈夫のようだ。立派な橋が架かった池を有する庭が、よく見える造りである。池をぐるりと屋根付の回廊が囲んでいるのは芙蓉殿と大きくちがう。

「王淑妃はまだかしら。せっかく、わたくしが来ているのに」

「まあ、陳賢妃。あなただって、さっきいらしたばかりじゃない。気長に待つのも大切ですよ」

あいかわらずのお貴族様ムーヴの夏雪を、劉貴妃が笑顔でたしなめる。劉貴妃は大人の対応が多い。好奇心旺盛で面白そうな物事には興味津々だが、分別はわきまえている。そういう印象だった。

同じ貴族階級だが、全然ちがう環境で育ったのだろう。劉家は凰朔の軍事を支える要だと聞いたことがある。

それにしたって、たしかに王淑妃が遅い。一応、茶会のホストは彼女である。客人をもてなすのが流儀だが……卓にはなにも並んでいなかった。

どうするつもりなのだろう。

そう考えているうちに、部屋の扉が開いた。

「遅れてすま……すみません」

入ってきたのは、小柄な妃だった。

華奢《きゃしゃ》な夏雪よりも、だいぶ背が小さい。子供のように可愛らしくて、ふんわりした印象だった。白い襦裙が天使の羽みたいに広がっている……小物が要所要所で橙色なのが気になるところやけど。

大きな瞳は黒いが、左だけ少し青みがかっていた。左右で目の色がちがうのは珍しい。オッドアイと呼ぶのだろう。延州は山に住む異民族と近い地域だ。その血も引いているのかもしれない。

これが王仙仙。王淑妃の位を戴いて後宮入りした新人妃だ。

「王仙仙ってぇ、言い……ます。よろしくおねがいします」

王淑妃は小さくてひかえめな声でお辞儀をする。ずいぶんと言葉がぎこちないのは、緊張しているのだろうか。

そりゃそうか。身一つで後宮へ来て、最初のお茶会だ。しかも、妃の一人から催促され、慌ててセッティングさせられた。怖がっているのかもしれない。

「どうぞ、よろしくおねがいします、です」

王淑妃があいさつをする間に、付き人たちが茶会の道具を運び込んだ。器が並び、場が整っていく。

んー。醤油と出汁《だし》のええ香り。お腹空《なかす》いたわ……と、思っている蓮華の前へと差し出されたのは――。

「蕎麦《そば》ぁ!?」

そう。

蕎麦だった。思いっきり、日本蕎麦だ。海老天《えびてん》ものっている。箸も一緒に出された。それも、割り箸だ。

蓮華は目を剝《む》いて、出されたものを何度も確認した。

やっぱり、蕎麦や。

「こ、これは……どのようにして食べるのかしら？　ねえ、蓮華はわかりますか？」

「麺のようですが、黒くて地味ですね」

夏雪も劉貴妃も、不思議そうに蕎麦を観察している。蓮華とは別の意味で困惑していた。

「お――こちらは、蕎麦になりまして……延州の名物でございますですわよ」

王淑妃はにこにこと愛想笑いをしながら、辿々《たどたど》しく述べた。関西弁が漏れまくる蓮華が言うのもなんだが、しゃべり方が下手すぎる。「～でございますですわよ」って、なんやねん。ラノベお嬢様言葉でも、もっとマシやわ！

だが、夏雪と劉貴妃は、しゃべり方よりも蕎麦のほうが気になっているみたいだ。各々に割り箸を持ちあげて固まっていた。

使い方がわからないのだ。凰朔国に、割り箸はない。

ここで確信する。やはり、王淑妃は蓮華と同じ境遇の人間だ。前世の記憶がある。

「こうやって、食べるんでございますの」

王淑妃は小さな手で、割り箸を持ちあげる。

そして、まさかの……口で割った。

手で割らんのかーい！

つい、ツッコミそうになって、蓮華は踏みとどまる。もうこれは体質だ。ボケと見なすと、突っ込まずにはいられない。悲しい性《さが》だった。が、蓮華は耐えた。めっちゃがんばった。褒めてほしい。でも、ちょっとだけ身体がズッコケてしもた。癖や。

「なるほど。面白いです！　こうですか？」

王淑妃の真似《まね》をして、劉貴妃が嬉々《きき》として箸を割った。口を使って、江戸っ子割りだ。しかし、上手くいかなくて割れ方が不均一だった。

「な……いいでしょう。わたくしが一番上手に割ってみせますから！」

と、夏雪も張り合って口で割り箸を割る。なかなかいい線をいっており、箸は少し偏ったものの綺麗《きれい》に割れた。案の定、夏雪はめちゃくちゃドヤ顔をしている。

「ほら、蓮華も割ってみなさい」

自分が上手く割れたものだから、夏雪は得意げであった。早く割ってみせろと急《せ》かしてくる。お貴族のお姫様が、割り箸を口で綺麗に割って喜んでいる……ツッコミ入れてええ？

「…………」

蓮華は迷った挙げ句に……口で割った。美しい真っ二つ。ブラボー。

「悔しくなんか……ありませんから」

「べつに、競ってへんやろ」

落ち込む夏雪の肩を、蓮華はぽんぽんと叩いた。

それにしても、王淑妃がこの蕎麦を日本の料理ではなく、「延州の名物」として紹介したのが引っかかる。

いや、蓮華がそうだから理解はできる……別の世界で死んで生まれ変わったなどという話は、基本的に信じてもらえないのだ。前世の記憶を取り戻した当初、蓮華も両親に相談したが、駄目だった。鴻家の父は冗談と断じてしまったのだ。それ以来、蓮華は誰にも前世の話をしていない。ただの変わり者として受け入れられている。

王淑妃の前世も日本人だったにちがいない。隠しているのは、きっと蓮華と同じような経験があるからだ。知らんけど。

蓮華は、もう凰朔の人だ。

けれども、同じ境遇の人間とは話してみたい。王淑妃と二人で話がしたかった。

警戒されないよう、蓮華にも前世の記憶があるのだとアピールしなければ。それで、二人きりで会う機会を設けたい。

「うわー。めっちゃ美味《おい》しそうなお蕎麦や！」

苦肉の策として、蓮華はわざとらしく関西訛りで発音する。うしろに立った陽珊が「蓮華様、訛りすぎております！」などと耳打ちするが、無視だ。

「関《かん》さ……んんッ」

王淑妃は驚いたように、一瞬だけ蓮華のほうを見る。しかし、なぜだかすぐに大きく顔をそらしてしまった。

絶対に気づいている。蓮華が関西弁を使っていると、王淑妃は気づいただろう。

でも……警戒されてる？

ちなみに……美味しそうとは言ってみたが、実のところ出汁の色が気に食わない。黒すぎる。醤油に蕎麦が沈んでいるのではないか。関西では昆布の旨味を前面に出した上品な出汁が好まれる。おまけに、醤油も出汁の利いた薄口文化だ……この蕎麦、関東風やわ……美味しいんやろか……。

「こうやってすするのが、一番美味しいでございます」

なんにでも、「ございます」をつけなければ気が済まないのだろうか。そろそろ、ツッコミを入れたい……ハリセンでどつきたい。

蓮華がぷるぷると腕を震わせてツッコミしないように耐えている間、王淑妃は蕎麦を箸で持ちあげて口に入れる。大口で。

ずずずずずず！

「豪快すぎるわ！」

あ、突っ込んでしもた！　蓮華は自らの額を指でペコッと叩く。

「こ、こうですか……？」

夏雪や劉貴妃も真似して、豪快に音を立てながら蕎麦をすすった。とてつもない光景になっている。

凰朔にも麺料理はあった。小麦粉料理が多いので、スタンダードなメニューだ。しかしながら、上流階級のお姫様たちが、豪快に音を立てながら蕎麦をすするのは、なかなかにシュールだ。タコパと競える。

「面白い味がしますね。とっても美味しいわ」

劉貴妃がとろけるような顔で言う。侍女が黙って、主《あるじ》の口の周りについた汁を拭っていた。

「わ、わたくしは蓮華の料理のほうが好きですけどね。これはこれで、美味しいのではないかしら」

夏雪も口の周りを汁だらけにしながら答える。

二人とも食文化の受容が素直すぎん？　大丈夫？　半分くらい、うちのせいやろうけど……うん。考えれば考えるほど、うちのせいやわ。ごめんな！

そして、関東風の蕎麦にがっかりした蓮華だが……これはこれで、なかなかいい。真っ黒の汁は思ったほど、醤油辛くはなかった。鰹出汁が利いており、味がはっきりしている。ひたひたになった海老天も好ましい。厚い衣が出汁を吸い、絶妙な食感となっている。なによりも、蕎麦の味が最高だ。黒めなので田舎《いなか》蕎麦だろうか。蕎麦粉の風味が存分に楽しめ、コシもある。

悔しいけど、これは美味しい。

「遅れました。王淑妃、大丈夫ですか？」

奇妙な茶会（蕎麦会やな）がはじまってしばらく。遅れて来た王淑妃の侍女が一人、入室する。

こういう場では、付き人は気にしない。あくまでも、妃たちの社交を目的としているからだ。

しかし、その侍女に、蓮華は視線を奪われた。

背は王淑妃と同じく低い。主を引き立てるための地味な服装も、とくに見るべきものはない。強いて言えば、橙色と黒を強調するような色使いが気になる程度だ。

蓮華が侍女に目を奪われた理由は、顔半分を覆うような眼帯だった。しかも、もう半分は長い前髪を垂らしていて、ほとんど顔が見えなくなっている。

後宮では珍しい装いだ。

妃たちは、もちろん、皇帝の気を引くため美女の必要がある。加えて、侍女や女官、下働きに至るまで、皇帝は誰にでも手をつけていいという無茶苦茶なシステムがまかりとおっている。

現在の皇太后、秀蘭の経歴はまさに後宮の下剋上《げこくじょう》を体現していた。彼女は貧民街出身の下働きという身分だったが、前帝に見初められて正妃へのぼりつめた奇跡のシンデレラガールなのだ。

つまり、後宮では妃以外も、着飾って綺麗にしておいたほうが得をする。

実際、蓮華が後宮に入るとき、側仕《そばづか》えの侍女が陽珊にチェンジされた。賢いだけではなく、「若くて愛嬌《あいきょう》があるから」という理由である。陽珊は鴻家に恩義があり忠誠を誓う使用人だったので、万一、皇帝の手つきになっても「使える」と父が判断したのだ。まったくもって、計算高い。

そういうわけで、王淑妃の侍女は目立った。夏雪や劉貴妃も気になったらしい。

「傑《けつ》と申します。生まれつき、片目が不自由でして。このようなお見苦しい姿をお妃様方の前に晒《さら》し、大変申し訳ありません」

自分に視線が集まっているのを察し、侍女——傑があいさつをした。おまけと言わんばかりに、もう片方の頬にできた痣《あざ》をちらりと見せてくれた。なるほど。それで前髪もおろしているのか。

「傑はぁ……そのぉ……とてもいい女なんで、側に置いておりますすございます」

「王淑妃。おりますと、ございますは一緒に使いませんよ」

「あ……そう。そうでございますね。おほほ……」

どうやら傑という侍女は、王淑妃にとっての陽珊ポジションのようだ。言葉づかいを諌《いさ》められて、王淑妃は苦笑いしながら蕎麦をすすっていた。傑は厳しい眼差《まなざ》しで、それを見ている。

って、蕎麦をずーずー音立てて食べるんは、ええんかいっ！　貴族っぽくないいんやけど。そこ、スルーなんやね。

「そうだわ。王淑妃、運動は得意でして？」

蕎麦を完食した夏雪が笑う。汁まで飲んで……気に入ったんやね。

「運動……？　そりゃあ、得意ってぇよりそれしか取り柄が――ごほん、ごほん！　得意でございます」

王淑妃の返答に、夏雪はふふんと鼻を鳴らす。そして、バットでスイングする動作をしてみせた。

「正一品となるならば……野球という遊戯ができなければなりません」

いいや、そんな決まりないわ。ノリで正一品の三人がチームの監督兼選手をしてるけど、べつに誰がやったってええんやで。そもそも、後宮に広めたんは、うちやし。

夏雪は顔が浮腫《むく》みやすい体質の娘であった。そのため、異常な食事制限というまちがったダイエットで痩せて、顔を綺麗に見せていたのだ。

蓮華と一緒に野球をするようになってからは、正しい食生活と運動習慣で、健康的な身体つきとなっている。もちろん、顔も文句のつけようがない美少女だ。

そういう経緯もあって、夏雪は野球を人一倍がんばっている。美味しいものを食べ、運動するのが一番健康にいい。顔の浮腫みもマッサージで改善したらしい。

そんな夏雪の姿は、後宮での野球ブームにも繋がっていた。

「野球！　あったぼう――んんん。ごほん！　野球でございますか。得意でございますわよ。受けて立つでございます」

　野球ができるか心配するまでもなく、王淑妃は身体を前のめりにした。小型犬が尻尾をふっているような食いつき方だ。思ってもみなかった飛びつきに、夏雪が逆にびっくりしている。

　一方の蓮華は、水仙殿の配色を思い出して納得した。というか、このオチは読めてたわ。

「王淑妃。ございますが多すぎます。お座りください」

　きらきらと目を輝かせている王淑妃を、侍女の傑が諫める。このコンビは、こういう芸風らしい。蓮華と陽珊の関係とは明確にちがった。

「傑、みなさまもおやりになっていますし、私も野球がしたいでございますよ。いいでございますか？」

「……妃同士の交流は今後のためにもなります。王淑妃、よろしいのではないでしょうか」

　王淑妃は傑に決定権を委ねていた。

　ここの主従、力関係がおかしい。

　蓮華も陽珊から言動を改めるよう注意されるが、雰囲気がちょっとちがう。はっきりと言えないが……傑が王淑妃を支配している気がした。

　けれども、王淑妃は敬語も満足に話せていない。どういう理由かわからないが、お目付役が強めに出る必要があるのだろう。と、納得することもできた。

「そうと決まったら、王淑妃のユニフォーム用意せなあきまへんなぁ。うちに、まかしときー　とりあえず、芙蓉虎団の――」

「三番」

　まずは、芙蓉虎団のベンチに入れて実力を見よう。と、提案しようとしたところ、王淑妃が蓮華の言葉を遮った。今、なんて？

「お……わた、わたし、背番号は……三番がいいでございます……」

　王淑妃は愛想笑いしながら、改めて希望を告げた。

　蓮華はちょっとだけ意地悪に笑う。ここ、攻められそうやわ。

「えらい詳しいですなぁ。野球って、延州のスポーツやないでしょう？」

　これは完全に日本人と認めさせたい問いかけだった。なんとか自分のペースに持ち込みたい。

　普通の凰朔人なら、ここで「守法通《すぽうつ》？」とかなんとか聞き返す。蓮華の知る限り、野球をする凰朔の人間はいない。

　王淑妃は困ったように目をそらす。

「野球、みんな知らへんから嬉しいですわ。よかったら、今度二人でお茶せぇへん？積もる話もあるやろし、そのほうがええでしょ？」

　王淑妃の口がぴくりと動いた。なにか言いたげだが、そんな彼女を制するように、傑がうしろから肩に手を置いた。

　黙らせた？　主を？

　蓮華は不審に思ったが、判断できない。もう一押ししてみることにした。

「阪神巨人戦について、二人でじっくり語りあいたいんやけど」

　夏雪や劉貴妃は、「なんの話をしているのかしら？」と顔をしかめている。だが、王淑妃には効果覿面《てきめん》のようだ。すっかりと、愛想笑いが崩れている。

　これで、前世について語りあえるにちがいない――。

「巨人阪神戦……？　な、なんのことでございますかねぇ。私には、全然おぼえがございませんことですの。ミスタージャイアンツなんて、知らないでございます。でも、背番号は三番がいいですわ。三番を用意するでございます。いいですか？　お、お話も、嫌ですわよ。断ります」

「いくらなんでも、その言い訳は苦しいやろ！」

　思いっきり知ってそうやけど！　わざわざ、阪神巨人戦を巨人阪神戦なんて言い換えよって！

けれども、王淑妃はあくまでも知らぬ存ぜぬをとおすつもりらしい。蓮華と前世について話す気もない、と。

蓮華は、ここまで自分の前世をアピールしている。二人で話しあおうと提案までした。それなのに、王淑妃が頑《かたく》なに否定する理由はなんだろう。傑との力関係といい、引っかかった。

「はぁい、王淑妃。野球がお好きなのですか？　試合、できますか？」

蓮華がぐぎぎと歯噛《はが》みしていると、劉貴妃が明るい笑みで手をあげた。

王淑妃に興味津々のようだ。そういえば、妃の中で最初に蓮華のたこ焼きを食べてくれたのも、劉貴妃である。彼女は新しいものが大好きだ。

「ぜひ、我が桂花燕団に、入団してくださいな。ちょうど、一人体調を崩しておりまして……大宴に間にあわないかもしれないのです。王淑妃は野球がお好きのようですから、試合に出られますわよね？」

大宴とは、後宮で半年に一回催すことになっている宴席である。後宮の妃が皇帝をもてなすという名目で執り行われるものだ。

催しの内容は妃たちが協議して決める。と言っても、全員と話しあうわけにはいかないので、実質、正一品の面々で決定した。

普通は花見や舞踊、箏《そう》の演奏会など雅《みやび》なものを行うらしい。だが、今回は満場一致で、「野球」と決まっていた。九嬪以下の妃からも不満はあがっていない。大宴に向けて、急ピッチで甲子園球場《こうしえんきゅうじょう》という名の公式球場も設営中だ。

大宴では芙蓉虎団 対 桂花燕団の試合が予定されていた。現在の後宮三球団の成績上位である。

本来、欠員はチーム内で補いたいところだが、あいにく、指導者不足で野球をプレイできる者は限られている。各球団、スタメン以外はひかえが数名程度しかいない。将来的に、蓮華は後宮リーグ、いわゆるコ・リーグを正式に設立しようと目論《もくろ》んでいた。大宴は後宮、そして、宮廷から見物に来る貴族や官吏たちへのプロモーションだ。大いに盛りあげてリーグを設立し、ゆくゆくは野球を国民的スポーツに昇格させるという重要なミッションの一部なのだ。

「牡丹鯉団から選手をお借りする予定でしたが、王淑妃がお得意なら、ぜひご一緒しましょう」

劉貴妃は人好きのする笑いで、巧みに王淑妃を誘った。

王淑妃は、こんなときも、やはり傑の顔色をうかがっている。

「……よろしいのではないでしょうか、王淑妃。この傑は存じませぬが、勝敗のつく競技なのですね。主上の御前で必ず勝利を捧《ささ》げてくださいませ。そして、故郷に勝利を讃《たた》える碑を建てましょう。翡翠《ひすい》がいいですか。金がいいですか。主上の御前試合ですから、勝利は大変名誉な偉業でございましょう？」

傑は淡々と言葉を並べたが、思ったよりも発想が大きい。野球の試合結果で、いちいち翡翠や金の碑を建設するのか。たしかに、延州は翡翠の産地として有名だが、そこまでするか。

「お、う……おねがいしますですわ。劉貴妃」

王淑妃は勢いよくうなずきながらも、口調を改める。ひかえている傑が、ジロッとにらんだからだ。

もやもやっとするアレコレもあったけど……とりあえず、最初の茶会というか蕎麦会は、仲よく終わった。

王淑妃は桂花燕団の選手として練習し、大宴に臨むこととなる。しばらく、対戦相手の芙蓉虎団とはライバル関係だ。

まあ……喧嘩《けんか》してるわけやないし、これくらいならええか。

三

大宴に向けての準備は忙しい。

まず、蓮華の場合は球場工事の監督もしなければならなかった。工部の宦官《かんがん》たちに、あれこれ指示を出して、見栄えのいい球場を建設するのだ。なんと言っても、皇帝も観覧する、天覧試合なのだから。

とはいえ、蓮華もさすがに建築知識には疎い。土台の図面は、保管されていた闘技場のものを応用した。西域の建物だが、円形の球場とは見目が近い。

客席はスタンドだけ整えて、外野席は雛壇《ひなだん》を並べた席とする。やわらかい土も入れ、グラウンドも整備したかった。

若干、草野球感があるので、コ・リーグの正式設立後は大きな球場を街中に建ててみたい。夢は大きく。

同時進行で、大宴での試合に向けての練習をしている。

現在、後宮三球団の中で、蓮華率いる芙蓉虎団の成績がダントツだ。野球を指導しているのが蓮華なのだから当然だろう。

しかし……桂花燕団。劉貴妃は侮れなかった。

個人の身体能力は、見た目によらず劉貴妃よりも夏雪のほうが高く、警戒するに値しない。ほかの選手も、目立ったスターはいなかった。

劉貴妃の武器は采配だ。

あれは、監督として化けるタイプや。と、蓮華はにらんでいる。

まだまだ野球の勘が完全に育っていないのに、劉貴妃の采配は上手い。守りと攻めのメリハリがしっかりとしていて、ここぞというときの度胸もあった。さすがは、数々の将軍を輩出する劉家の娘。彼女の兄は、劉家の当主として、凰朔の軍事を担っている。

王淑妃を桂花燕団へ入れたのは、おそらく……劉貴妃の作戦だ。野球好きを自称していても、王淑妃が選手として役に立つかは未知数だ。が、あの食いつき方は即戦力の可能性が非常に高い。

王淑妃は、投手か捕手か……いや、有能な内野手もありえる。足が速く、ランニングホームランや盗塁を狙えるかもしれない。背が低いので、打者向きではないと思うが、確実に安打を打って塁へ出る選手かも。

むむむ。考えれば考えるほど、わからん。

「せや……」

工事の様子を見守りながら、蓮華は思いつく。

「偵察行こ！」

ド直球に見に行こう。遠慮する必要はないのだ。蓮華は後宮のみんなに野球を指導する立場なのだから、正々堂々とすればいい。

そうと決まれば、話は早い。

「ほな、まかせたでー！」

工事の監督もほどほどに、蓮華は足早に桂花殿へ向かった。蓮華がじーっと見ていても、建築はわからないのでしょうがない。

桂花殿は劉貴妃の殿舎だ。そして、彼女が監督する桂花燕団の本拠地でもある。王淑妃も、そこで練習しているはずだ。

そしてなによりも。

王淑妃のプレイは気になるが、それ以上に、彼女と二人きりで話すチャンスが欲しかった。前世について、日本から転生した者同士で語りあいたい。

そんな希望を抱き、蓮華は桂花殿に歩きつく。輿《こし》にはのらないのが、この後宮のトレンドだ。もったいないし、このほうが体力もつく。最初は蓮華だけの習慣だったが、気づけばみんな同じようにしていた。

桂花殿のグラウンドでは、ぱらぱらと練習する選手たちの姿が見える。

「ああ、鴻徳妃!」

「鴻徳妃ですわ……劉貴妃にお知らせしてまいります」

蓮華を見て、何人かが声をかけてくれた。蓮華は気分がよくなり、手をふってみる。だが、みんな真面目に練習しているためか、軽く頭をさげただけで、走って行ってしまった。

蓮華はきょろきょろと辺りを見回す。王淑妃を見学に来たのだ。

そして、目当ての姿を発見した。

王淑妃はほかの者よりも小柄なので、わかりやすい。

桂花燕団の青いユニフォームはしっかり似合っている。しかし、首からは橙色の手ぬぐいをさげていた。

背番号は本人の希望どおり、三番だ。巨人の永久欠番、長嶋茂雄《ながしましげお》の背番号に該当する。阪神ファンのオカンに育てられ、昭和の名試合について子守歌代わりに聞かされて育った蓮華にとっては宿敵だ。

ランニングをしているところなので、王淑妃のポジションはよくわからなかった。

「まいどー! 儲《もう》かりまっかー!」

王淑妃はちょうど一人で走っている。話しかけるなら、今や。そう判断して、蓮華は元気に突撃した。

「…………!」

大きな声を出したため、王淑妃は蓮華にすぐ気がついた。こちらをふり返り、慌てた様子だ。人を珍獣みたいな目で見よってからに。

「おま……どうしましたですか……鴻徳妃さん」

あいかわらず、よくわからない敬語の使い方だった。関西弁の蓮華が言えた立場ではないが。

「練習がどないな感じか、見に来たんや」

首からさがった宿敵カラーの手ぬぐいは無視して、蓮華は可能な限り愛想よくした。この間は隠されてしまったけれど、今は周りに会話を聞く人間もいない。もしかすると、応えてくれるかもしれないと期待した。

「えーっと……その……今は立て込んでいて、ですね……」

けれども、王淑妃は大きく視線をそらしながら、やりにくそうに苦笑いする。

「そうなん？　せやったら、練習見てるから、終わったら茶しばこうや」

「茶を……しばく……お茶屋に殴り込むってぇのか、んん。ですか」

あ、これ関西弁やった。通じてへん。

叩くとか、荒っぽい意味で使う「しばく」のほうが用法としてはメジャーだ。この辺りは、ついうっかりしてしまう。今のは、「お茶しようや」の意味だ。

蓮華は説明しようと口を開いた。

「王淑妃」

と、蓮華が発言する前に、うしろから声がする。厳しく、諫めるような口調だった。

ふり返ると、眼帯をつけた王淑妃の侍女、傑がいる。

「あ……ああ、傑。で、いや、大丈夫ですございます」

傑に鋭い視線を向けられて、王淑妃がぎこちなく頭を掻《か》いた。けれども、その態度は「叱られている」と感じると同時に、なぜだか……「気が緩んだ」ようにも思えた。妙な雰囲気だ。

まるで、傑が来て安心しているような……。

やっぱり、この二人の関係はわからない。

普通の主従とは、ちがう。

「鴻徳妃、いけませんよー？」

傑に続いて、べつの人間も現れる。劉貴妃だ。そういえば、さっき誰かが劉貴妃を呼んでくると言っていた。

劉貴妃は蓮華の肩に手を置き、微笑《ほほえ》んだ。いつもの穏やかでにこやかな笑みだ。彼女はほかの妃たちよりも達観していて、大人に見える。

「偵察はお断りします」

だが、その唇から発せられた言葉には……重みがあった。

ずんっと、空気を反転させるような圧を感じる。意訳すると、「はよ去《い》ね」だ。大げさではなく、それくらいの意味を持っている雰囲気だった。

「大宴、面白くなりそうですから。勝ちたいのです、あたくし」

肩に置かれた劉貴妃の手が、蓮華の背中に移動する。ぞくりとした悪寒を感じながら、蓮華はツバを呑《の》み込んだ。

劉貴妃は好奇心旺盛で楽しいことが大好きな気質……けれども、ここへ来てその解釈がまちがっていると気づかされる。

この子、勝負しにきた……！

劉貴妃は監督として才覚を顕《あら》わすタイプだと蓮華は分析していた。おそらく、それはまちがいない。しかし、劉貴妃は勝負どころを見極め、確実に勝利しにくる女なのだと気づく。夏雪のような負けず嫌いではなく、虎視眈々《こしたんたん》と相手の首を狙っている。

武将……！

劉家にはその血が流れている。女性の劉貴妃は武をおさめていないと聞くが、将の才があるのだろう。

王淑妃はきっと、野球が上手い。劉貴妃は王淑妃を切り札にして、大宴で勝つつもりなのだ。蓮華に少しも情報を流さず、作戦の要にしようとしている。そう確信した。やられた。無理やりにでも王淑妃は芙蓉虎団へ入れておけばよかったかもしれない。大宴の試合、楽には勝たせてもらえないだろう。

「うちかて……負けへん」

蓮華はそう言い返して、桂花殿をあとにするしかなかった。

桂花殿を出禁にされた。

王淑妃の情報を徹底的に隠すためだ。正確には蓮華どころか、ほかの面子《メンツ》も出入り禁止。桂花燕団と桂花殿で働く者だけが出入りを許される。これからは衛士《えじ》が立ち、チェックを受けなければならないらしい。そこまでするなんて……劉貴妃は侮れないとわかっていたが、想像以上の強敵かもしれない。

蓮華は芙蓉殿へ帰りながら、今後について考える。

王淑妃がどのような選手かわからないことには、特別な対策は打てない。これまでどおり、蓮華を主軸《投手》にしつつ、確実に打撃を伸ばすしか……だが、今の芙蓉虎団は打線が弱い。守れても、攻めきれない場面が多かった。

攻めの強化。ここが目下の優先事項だろう。

「ま、しゃーない」

やれるだけやるしかないわ！

さあて、方針が決まったら練習練習練習。と、蓮華は芙蓉殿を目指して走ることにした。

こんなこともあろうかと、縞柄のユニフォームで動いているのだ。というより、妃の襦裙は裾が長くて、歩きにくい。蓮華の外出着は、専らユニフォームであった。

しばらく走り、もうすぐ芙蓉殿。

「れ、蓮華様ぁ……！」

その時、前方からこちらへ向かってきたのは、陽珊だった。たいそう慌てている。

ひらひらと裾の長い裙《スカート》を穿《は》いているのに、ご苦労なことだ。

「陽珊、どないしたん?」

「た、た、大変です。大変です、蓮華様。いけません。芙蓉殿へ帰っては……はあ……はあ……なりま、せ……」

「おちつきや。ほら、ひっひっふー。ひっひっふー」

「ひっひっふー……ひっひっふー……」

ま、これおちつくための呼吸法やないんやけど。ええか。なんや、おちついてきたし。

「で、なにがあったん?」

「はあ……はあ……蓮華様、お言葉がお訛りに……いえ、今はいいのです。芙蓉殿へ帰ってはなりません。朱燐《しゅりん》が対応しておりますが……大変なのです。遼昭儀が……」

「りょうしょうぎ?」

一瞬、なんのことかと思った。

単語がつるんと頭を滑って抜けていく。人の呼び方だと判別するのに時間がかかったのは、蓮華が別の呼び名でおぼえていたからだ。

遼昭儀——古くからの貴族、遼家の娘だ。名は遼星霞。以前は淑妃の位にいたが、今は九嬪の昭儀に降格されている。蓮華には「遼淑妃」という呼び方のほうが馴染《なじ》みがあった。

かつては正一品の一人だったが……蓮華に毒の盃《さかずき》を贈与してしまった罪で、今の位に落とされている。

遼家は旧体制の筆頭貴族だ。反秀蘭派。つまり、新しい政をしようとする天明たちの敵である。その関係で蓮華も命を狙われた。しかし、盃に彼女が毒を盛ったという証拠が不充分だったこと、皇城における遼家の勢力が未《いま》だ強いこと、これらを理由に遼星霞は昭儀への降格処分だけで免れた。

芙蓉殿になんの用だろう。

「たこ焼き買いに来たとか……」

「阿呆《あほ》ですか！　蓮華様、お呆《ぼ》けになるのもいい加減にしてください！」

「陽珊、ツッコミにキレが出てきたなぁ」

「感心しないでください！　ここは、私どもがなんとかいたしますので、蓮華様は適当にお時間を……って、蓮華様。そちらは芙蓉殿ですよ！」

陽珊が止めるのを無視して、蓮華は芙蓉殿へと向かって走る。

へろへろになって肩で息をしながら、陽珊も蓮華についてきた。陽珊には侍女頭として、たこ焼き店の管理をまかせているので、あまり野球をしない。体力はなかった。

「ゆっくり歩いて来いやぁ～！」

蓮華は陽珊に手をふり、走る速度をあげて引き離す。

理由はわからないが、相手は降格されたとはいえ九嬪だ。この後宮では、九嬪より上の位を、上級妃と呼んでいる。遼昭儀と対等に話せるのは、上級妃なので、蓮華が出るしかないのだ。

そんなことは、朱燐や陽珊だって承知しているはずだ。そのうえで、蓮華と遼昭儀を会わせるのはよくないと判断したのだろう。

「鴻徳妃……！」

芙蓉殿へ辿りつくと、女官が何人かすがりついてくる。

遼昭儀を蓮華に会わせたくないという意図が伝わってきた。だが、彼女たちも遼昭儀の扱いに困っていたようで、途方に暮れている。

「遼昭儀が来とるんやろ。案内してや」

「でも……」

「ええから、案内して」

躊躇《ちゅうちょ》している女官に、蓮華は強めに言った。命令にも受け取れるだろう。普段、蓮華がそのような物言いをしないので、みんなも従わざるを得ないようだった。こんな言い方して、ほんまごめんな。

「こ、こちらに……朱燐が今、対応を……」

朱燐は下働きだった娘だ。今は蓮華が取り立てて、侍女に昇格していた。陽珊と一緒に、蓮華の身の回りの世話をしている。そして、我が芙蓉虎団の外野手でもあった。

当初は遼昭儀を追い返そうと試みたらしいが、ごねられてしまった。応接間にとおしたら、蓮華に会わせろと言って聞かないので、朱燐が対応しているとのことだ。

蓮華の侍女は庶民出身者ばかりで、女官も宮廷につとめる官吏である。権力のある貴族に強くごねられると、なにも抵抗できないのだ。

本来は蓮華だって庶民階級なので、同じ立場だが、ここは後宮である。与えられた位のおかげで、蓮華は貴族たちとも張りあえた。

「堪忍な、お待たせしてもうて！」

蓮華は応接間の扉を開ける。

「鴻徳妃……！　なりません！」

蓮華が入室して、まっさきに声をあげたのは朱燐だった。

目が大きくて愛らしい侍女だ。働きはじめたころは痩せ細っていたが、食生活が改善したためか肉づきがよくなった。健康的な小麦色の肌は、日々の練習をよくがんばっている勲章だろう。

朱燐と揉《も》みあっているのが、遼昭儀。

顔立ちはとても幼く、年端のいかぬ少女そのものだ。現在の後宮が設立して一年しか経《た》たないため、妃たちはみんな若い。蓮華も十七になったばかりだ。それでも、遼昭儀の顔は幼いと感じる。

反面、身体の発育はよくて、女性らしい丸みとおうとつがはっきりとしていた。幼顔と色香がアンバランスだ。

「あら、鴻徳妃。おひさしぶり」

遼昭儀は蓮華の姿を見るなり、パッと笑顔になる。

主を見つけた飼い犬のように、本当に嬉しそうにしながら蓮華へ向かってきた。予想外の反応で、蓮華も怯《ひる》んで動けなくなってしまう。

「お元気でしたか？」

「え、ま、まあ……ピンピンしてますわ」

蓮華に毒を盛った人間のセリフだろうか。

しかし、遼昭儀はそんなことなど忘れてしまったかのような態度で、蓮華の手をにぎった。本当はなにもなかったのではないかと錯覚しそうだ。

「鴻徳妃からお離れください！」

蓮華の代わりに、朱燐が声を張りあげた。朱燐は遼昭儀と蓮華の間に、無理やり割って入ろうとする。よく見ると、朱燐の髪は乱れ、簪《かんざし》もズレていた……遼昭儀ともみあっていたからだ。

朱燐は仕事熱心すぎるきらいがあった。もともと、貧民街で飢えそうになっていたのを、秀蘭に拾われたという過去がある。巡り巡って、今は蓮華の侍女をしているが、主思いな気質は変わらない。蓮華を必死に守ろうとする彼女なりの献身だ。

「お黙りなさいな、名なし。私が鴻徳妃と話したいのです」

遼昭儀は朱燐に対して、強めの口調で制する。凰朔では、朱燐のように姓を持たない貧民層を「名なし」と呼ぶ。とくに貴族は彼らを卑下していた。

蓮華はこのような風習が嫌いだ。朱燐がそんな風に言われるのを見るたびに、気分が悪くなる。

「朱燐は、うちの従業員で優秀な外野手です。名なしなんて、そないな言い方せんとってほしい」

つい、侍女を従業員と言ってしまった。ま、ええか。

「え、ええ……申し訳ありません。鴻徳妃がおっしゃるなら、改めます」

遼昭儀は謝りながらも、やや納得がいっていないようだった。なにが悪いのかわかっていないが、蓮華が嫌がるならやめておこう。そういう雰囲気だ。よくある反応なので、蓮華もそれ以上は言わないことにした。

けれども、空気を険悪にしすぎるのもよくない。今は、遼昭儀と喧嘩がしたいのではなく、遼昭儀の目的を聞きたいのだ。

「ほな、お話聞きます。一旦座りましょ。飴ちゃん、舐《な》める？」

蓮華は手提げ袋から飴を取り出した。いつも持ち歩いている特製の飴ちゃんだ。果実の風味がみんなに大好評の自信作である。

遼昭儀に飴を渡し、蓮華は着席をうながした。朱燐にも、飴を持たせる。こっちはご褒美にサービスして、二個や。

「朱燐、お茶淹《い》れたって」

一応、客人として扱う旨を伝えると、朱燐は悔しそうに表情をゆがめた。しかし、蓮華の指示には逆らわない。

蓮華と遼昭儀は向かいあって座った。

朱燐が茶を淹れる間も、遼昭儀はにこにことしている。蓮華と会いたくて仕方がなかった、という態度だ。

「端的に用件をお伝えします」

遼昭儀は鈴の音のような澄んだ声で笑い、まっすぐに蓮華を見据えてくる。

「私、また野球がしたいのです」

「へ？」

なんの話かと思えば……想定外すぎて、蓮華は首を傾《かし》げてしまう。

「野球がしたいのです」

遼昭儀は、同じ言葉を重ねた。そして、朱燐の淹れた茶を飲みながら、寂しそうに目線をそらす。

「以前は、鴻徳妃に習っていたでしょう？　陳賢妃や劉貴妃と一緒に、球を投げたり、打ったりしておりましたよね。けれど……野球は独りではできないのです。私、今……孤立していますから」

遼昭儀が淑妃だったころ、よくみんなで野球をしていた。あのときは、キャッチボールとバッティング練習が主だったが……その様子を思い出すと、蓮華も感慨深い。遼昭儀は選球眼があった。いい打者になると、蓮華も期待を寄せていたのを思い出す。

たしかに、遼昭儀の言うとおり、彼女は今孤立していた。

九嬪へ降格となった理由は正一品の面々しか知らない。それでも、「この妃はなにかしたのだ」という目は避けられないのだ。九嬪の面子からも腫れ物扱いされていると聞いていた。野球をする相手はたしかにいないだろう。

「野球などと……よく言います。あなたが鴻徳妃になにをしたか……！」

「朱燐、もうええから」

「しかし、鴻徳妃！」

「これ以上は、ええんや」

耐えきれず、朱燐が声をあげた。だが、相手は身分のある貴族で、上級妃だ。これ以上は、不敬だと騒がれてしまうので、蓮華は朱燐をなだめる。

蓮華だって、こんな階級ばかりの社会は嫌いだ。反抗もしたし、いつかぶち壊したいとねがって行動している。

しかし、なにごとにも順序があるのだ。ここで侍女と妃の要らぬ争いなどしてほしくはない。

「ほんまに野球がしたいん？」

「はい！」

遼昭儀は両の目を輝かせながら、身体を前に出した。

「私、球拾いでも、なんでもいたしますよ。野球が好きなのです。鴻徳妃は、私が打者に向いているとおっしゃってくれましたよね。それが嬉しくて……私、褒められたことがなくて……」

遼昭儀は言いながら、涙ぐんでくる。雲雀《ひばり》が刺繍された雅な袖で目尻を拭う。

「お屋敷にいるころだって、お父様は私を一度も褒めてくださらなかった……」

「一度も？」

「はい……お嫁に出されず、後宮に入れられたのも、私が出来の悪い子だから。そのうえ、主上に見向きもされず……だから、私焦ってしまったのです。お父様に認めてほしくて、言われるまま……今思えば、鴻徳妃になんてひどいことをしてしまったのでしょう。改めて、元気なお姿を見られて、本当に安心しているのです」

遼昭儀は涙ながらに身の上を語る。そして、蓮華に毒を盛った過去を謝罪した。

「鴻徳妃、騙《だま》されてはなりません。よく思い出してくださいませ」

朱燐がうしろから釘《くぎ》を刺す。

天明と秀蘭が和解しようとするタイミングで、遼昭儀は蓮華に毒を盛った。

当初、遼家と天明は秀蘭打倒という目的のために手を組んでいたが、その好機を蓮華が台無しにしたのだ。天明と秀蘭の関係を修復し、和解させた。

計画が狂った遼家は蓮華を毒殺し、その罪を秀蘭に着せる形で天明との協力関係を維持しようと考える。それを実行したのが遼昭儀だ。

だが、天明は遼家を拒んで蓮華を救ってくれた。あのときは命拾いしたが、二度目がないとも限らず、油断できない。朱燐が何度も忠告してくれる理由は、蓮華だって、よく理解している。

「鴻徳妃、おねがいします」

遼昭儀が頭をさげる。

警戒心を解いてはいけない。朱燐が何度も忠告した。陽珊も、きっと同じ気持ちだろう。芙蓉殿で働く者も、みんな。

みんな蓮華を心配してくれている。だから、蓮華を遼昭儀に会わせたくなかったのだと思う。

でも……。

「…………」

蓮華には、遼昭儀を憎めなかった。

憎んだり、怒ったり、そういう気持ちにはなれない。反省してくれたのなら、それでいいと考えてしまう。

遼昭儀の処分が軽すぎたと聞いたとき、蓮華は正直、ほっとした。毒を盛られたが……知っている人間が酷《ひど》い目に遭うなんて耐えられない。裏切られたことよりも、そのほうが何倍もショックを受けるだろう。蓮華はそういう人間だ。

せやから、うちは、お人好《ひとよ》しって言われるんやろな。

「私、目が覚めました……お父様に認められなくとも、自分自身で生きていかなければならないのです。私、鴻徳妃のようになりたい。強くて賢い凰朔真駄武《まだむ》と、野球を……私に教えてくれませんか？」

幼さの色濃く残る顔に、涙がこぼれる。

「もう……鴻徳妃にお褒めいただいた野球しか……私に取り柄などないのです。お父様は私に見切りをつけてしまわれた。ならば、私は野球をして生きたいのです」

嘘《うそ》には……見えなかった。

遼昭儀の表情は真に迫っており、でたらめとは思えない。「お父様」の話も、可哀《かわい》想《そう》だと思う。

彼女は被害者なのではないか。決して、望んでいたわけではない。父親から命じられれば、娘は従うしかないのだ。

蓮華が後宮へ入ったのだって、鴻家の父から命じられたからである。階級制度があり、父権的な考え方の凰朔では、実家に抵抗するのはむずかしい。蓮華だってできなかった。それを他人に求めるのは、酷な話だ。

「ええよ……」

「鴻徳妃！」

蓮華は迷いながらも返事をした。朱燐が抗議するが……もう決めた。

「一緒に野球やりましょう、遼昭儀」

めそめそと泣き崩れていた遼昭儀が顔をあげる。

「本当にいいのですか……？　鴻徳妃」

「野球したい言うてるのに、止める理由はうちにないから。みんなで楽しんでプレイするんが、一番や！」

遼昭儀は泣き顔を明るく変化させる。きらきらと輝く両目が可愛らしい。やっぱ、こないな娘さんは笑ってこそやろ。

「やられたらやり返せなんて言う人間もおるけど、うちはそう思わん。やり返したら、またやり返される。そういうもんやと思ってる。いつまでもやり返しあって、喧嘩が終わらんなるほうが嫌や」

大阪のオカンだって、そう言うてた。きっと、オカンも許したれって、笑うはずや。

だから、蓮華は遼昭儀を許す。

全部チャラにして、一から仲よくしなおす。

朱燐が「鴻徳妃……人が好すぎます……」と項垂《うなだ》れていた。

それでも、蓮華は退《ひ》くつもりはなかった。一旦決めたら、貫き通せ。これも大阪マダムの生き方だ。

「ありがとうございます……！　鴻徳妃、いいえ、蓮華様。ああ、蓮華様とお呼びしてよろしいかしら？　そのほうが、親しみやすくて」

幸せそうな遼昭儀の顔を見ていると、許してあげてよかったと思える。やっぱ、スポーツは人を笑顔にするんや。

「好きに呼んでかまへんよ」

「私のことも、ぜひ、星霞とお呼びください。蓮華様」

「ああ……せやね。わかったよ、星霞」

その場で、遼昭儀、改め星霞の芙蓉虎団への入団が決まった。

星霞が芙蓉殿をあとにしてから……当然のように、蓮華は侍女たちから猛烈に怒られた、めっちゃ怒られた。ほんまに怒鳴られた。

あの場では黙っていた朱燐も、金切り声で「鴻徳妃は本当の本当にお人好しです！」と喚《わめ》き散らした。あとから芙蓉殿へ帰ってきた陽珊も顚末《てんまつ》を聞いて、「蓮華様は弩阿呆《どあほ》にございます！」と叫んでいた。

いや……そこまで怒るぅ？　だって、うちが許したんやし……ええやん。野球したいって言うてるだけなんやしぃ？

そんな蓮華の態度が侍女たちの怒りに油を注いだらしい――。


「え？　主上さん、来てはるん？　今日？　なんで？」

その夜、天明が芙蓉殿に予定外の訪問をした。

蓮華には寝耳に水であった。急いで女官たちが身体を拭きにきて、着衣を検《あらた》められたあとに寝所へ放り込まれる。皇帝のお渡りがあったときの決まりだ。

寝所へ行くと、天明がおつかれの顔で待っていた。仕事を無理やり抜けて来たのだろう。服装も皇城で過ごしている服のままだった。

「このような文が届いたが、事実か」

「はい？」

天明が寄越《よこ》したのは、手紙だった。ていねいでお淑やかな文字で綴《つづ》られている。その内容を読んで、蓮華は深い息をつく。

「すんません……うちの侍女たちです……」

怒った陽珊と朱燐は……天明に一部始終を告げ口したのだ。文には、いかに事態が切迫しているか。あと、蓮華がどれだけアホのお人好しかが書かれていた。

これが蓮華以外の人間が主だったら、厳罰に処す行為だ。それくらい重要で、必要だと判断したのだろう。二人とも覚悟しているのだ。

今の後宮で、蓮華を叱って考えを改めさせられるのは、天明しかいない。その判断は実に正しい。現に蓮華は、侍女たちがそこまでするとは思わず、度肝を抜かれた。だからと言って、処分などしないが……ちょっと反省してきた。ほんま、ごめんな。

「これは事実か」

「はい……一言一句違《たが》わず、事実ですわ」

「素直だな」

「まあ……はい。うちがアホなんは、自覚してますから」

怒られるなぁ。しゃーない。うちがアホなんやし。

天明は感情の浮かばない顔で蓮華を見ている。考えが読みにくかった。

「お前は平気なのか。遼昭儀は、お前の盃に毒を盛ったのだぞ？」

第一声は、お説教ではなく問いだった。蓮華は戸惑いながら自分の意見を述べる。

「そりゃあ、警戒してます。せやけど、野球やりたいって人間を無下にもできません。星霞はいい打者になりそうなんです。才能潰すんは、うちの本意やない」

「そういう話ではない」

「はい？」

「恐ろしくはないのかと聞いている」

天明は蓮華に近づき、距離を詰める。すぐそこまで迫られると、逃げられない気がして、なんだか窮屈だった。それに、顔がそらせない。ち、近い……。

「お前は平気なのか」

ようやく、天明の意図に気づいた。

彼は星霞を許したことをとがめているのではない。

蓮華に、星霞が怖くないか確認している。

「毒盛られたときは……そりゃあ、怖かったです。三日くらい、なんも食べれんかったし……でも、案外平気やなって」

ちょっとは怖かったが、三日で「気にしたってしゃあないわ」の心境になっていた。一度死んで転生したせいか、どうにでもなれと思っている。

「身の安全は警戒していればなんとでもなる。お前の侍女たちも気をつけるだろうし、警護も増やしてやろう。だから、お前は本当に平気なのかと確認したい。遼昭儀と過ごせるか？」

天明はあまり表情を変えないままだ。

「お前は、他人のために自身をなげうつからな」

頭の上に手を添えられると、視線ががっちり固定される。とうとう逃げ場を断たれた気がして、居心地も悪かった。いつになく真面目な顔で、こんなことを言われるとやりにくくて仕方がない。ボケたら絶対怒られる。ボケられへん。

「そんな大げさな……」

って、大阪のためにカーネル・サンダース救って死んだ女が言い訳できんな……たしかに、転生して後宮へ入ってからも、身につまされるできごとがチラホラある。耳が痛かった。

「主上さんは、心配してくれてはるんですね。身の危険だけやなくて、メンタルの」

「免樽《めんたる》？」

「気持ちの問題って意味です……主上さんも、毒盛られてお辛《つら》かったから」

天明も少年期に、毒を盛られた経験をしている。しかも、親しかった者が手引きをしていたのだ。以降、人を信じられず、母である秀蘭との確執を生む原因にもなった。

そのような天明だから、陽珊たちとはちがう意味での心配をするのだろう。

「主上さん、やっぱりお優しいですね。でも、うちは大丈夫や。なんとも思てへんよ。充分注意はしますけど……」

「それなら、かまわん。警護は増やす。不必要に馴れあうなよ」

「野球のチームメイトで馴れあわんのは、難儀な注文やわ……」

苦笑いすると、天明はようやく頭から手を外してくれる。距離が離れると、居心地の悪さも緩和された。

近すぎると、むずむずして胸がきゅっとなるから、あんま好きやないわ。

「それに、星霞が選手として育てば、きっと大宴で活躍してくれますよ。今回は絶対、負けられんのですわ。見とってください。いつか、バックスクリーンにホームラン三連発するチームにしますんで」

とにかく、平気だとアピールしようと蓮華はスイングの真似をする。天明は額に手を当て、露骨なため息をついた。

実際、星霞がホームランバッターになれるかはべつとして、球団の打撃力は高めたかった。劉貴妃に対抗する、いい戦力になると期待している。

「なぜ、大宴にわけのわからん遊戯を……」

「え？　主上さん、こっちが提出した書類に判押してくれたやないですか」

「それは俺ではない。秀蘭だ。俺はちゃんと棄却したぞ」

「なるほど！　秀蘭様が楽しみにしてくださるんやったら、なおさら、がんばらなあきませんね！」

　以前、秀蘭を後宮で行った試合に招待したのだ。大いに楽しんでもらえたようで、それ以来、芙蓉虎団のファンになってくれている。応援旗まで作ったらしく、特別応援団長とも言えた。

「皇帝をもてなす宴《うたげ》で、なぜ俺以外の意見が優先されるのだ！」

「あ、せやった。ですが、ご安心ください。この大宴が成功して、好評を博すれば、次回は主上さんに始球式をおねがいしたいんです」

「始球式？」

「試合の前に、ゲスト……うーん、特別な賓客が球を投げると盛りあがるんです。絶対、みんな主上さんの投球見たいって言いますよ！」

「頼むから、巻き込んでくれるな……」

「その無駄についた腹筋、活《い》かしませんか！」

「無駄ではないし、腕や足も鍛えている！」

「触らして！」

「だ、駄目だ……！　無意味に触れるな！」

政に筋肉は関係ないのでは……しかし、暗殺などもあるだろうし、皇族は鍛えているものなのかもしれない。考えたくはないが戦争などで、兵を率いる場合もある。つくづく、皇族はやるべきことが多くて大変だ。

「とにかく、遼家には気をつけろ」

「わかってます。そないに念押しするってことは、やっぱり、まだ遼家は秀蘭様がお嫌いなんですね……？」

「お前は考えなくともいい」

ここまで言っておいて、それはない。天明は最近、蓮華になにも教えてくれないのだ。芙蓉殿へは通うのに、政の話になるとだんまり。

「うちだって、なんかできるかもしれへんのに。お金も出せますよ」

「なにもしなくていい。お前は考える必要のない事柄に首を突っ込みすぎる。お節介だと自覚しろ」

強めの口調で言われると、蓮華は黙るほかなかった。天明の言葉には、ときどき圧がこもる。聞く者を平伏《へいふく》させてしまう為政者の風格だ。だからと言って有能とも断言できないが……今後の国が楽しみになってくる。

「笑うな。真面目に聞け」

「これは、ええ意味の笑いやで」

蓮華が急に微笑んだので、気色悪いと思われたのだろう。天明は口を曲げてプイッと顔をそらす。

拗《す》ねた子供みたいな態度で、まだまだやなぁとも感じた。大人びているが、齢《よわい》十九。当然、凰朔国では成人を迎えているが、まだ可愛げのある年頃だ。「兄ちゃん」と呼ぶのがちょうどいい。

蓮華には、前世も今世も子供がいない。だから子を持つ親の気持ちはわからなかった。けれども、スポーツ居酒屋で仲よくなった兄ちゃんにお酒をおごってあげたり、バイトの男の子にまかないを作ってあげたりするのは好きだった。大学のサークルでも、よく後輩の世話を焼いていた。そういう子らが、成功したり、成長していくのを見たりするのは楽しいのだ。

世話好きなのは、大阪のオカン譲りかもしれない。母親の気持ちはようわからんけど、オカンみたいな目線にはなれる。

「せや、主上さん。お腹空いてへん？　うち、なんか焼きたくなってしもた」

「焼きたくなったとは……」

「主上さんに、ごはんいっぱい食べてほしくって。いっぱい食べてくれるの、見るん好きやねん」

食べてほしいから焼きたいというのも、おかしな話かもしれない。しかし、急にそういう気分になってしまった。天明は蓮華の焼いた粉もんを、よく食べてくれるのだ。

それが、たまらなく好ましいときがある。

「またそういう一方的な……食べるから、なんでも作れ」

天明は蓮華の主張を聞いて呆れていたが、少しだけ笑い返してくれる。

蓮華は張り切って返事をし、すぐに準備へかかった。

この日は、とん平焼きを作った。天明はやっぱり二人前、残さず食べてくれた。

四

後宮に、硬球を打つ音が響く。

木製バットで打ち返されたボールが、蒼穹《そうきゅう》に高くあがる。

「見てください！　いい当たりでございましょう！　鴻徳妃！」

打ったのは、星霞だった。

「んー……飛球《フライ》やなぁ。ほら、外野がとってしもた」

星霞のバットは球をとらえたのだが、軸がズレたらしい。飛距離がなかなか伸びずに、外野手のポジションに落下してしまった。打球が高くあがると、いい音もするしホームランではないかと錯覚する。しかし、上にばかりあがって距離が出ないのだ。

結果、バウンドする前に守備からとられやすい球となり、アウトがつく。

「せやけど、やっぱり星霞は筋がええねん。長打者は飛球も多い。むしろ、野球初心者やったら、バットにボールが当たるだけでも儲けもんやし！」

「むずかしいですね」

蓮華は笑いながら、不満そうな星霞に手をふった。

日本のプロ野球やメジャーリーグにだって全打席安打《ヒット》などという選手はいない。後宮での野球は、まだ草野球の域を出ず、ようやく試合になりはじめた発展途上段階だ。二割も安打が打てれば、かなりいい成績だった。

今は投手の蓮華が投げ、星霞が打つ練習をしている。全部ストレートを投げているが、今のところ星霞の打率は二割後半程度。充分すぎる。しばらく野球をしていなかったとは思えなかった。

星霞の入団に対する芙蓉虎団のチームメイトたちの反応は、歓迎派と否定派が半々といったところか。朱燐など事情を知る者は嫌がったが、知らない者も多い。

星霞のプレイを見て、受け入れた者もいた。朱燐でさえ、渋々といった様子だが外野手として練習につきあってくれている。

なんだかんだ、野球をやっていれば、みんな仲よくなるかも？

「はあ。みんな、休憩時間やでー！」

砂時計の砂が落ちている。練習時間はきっちりインターバルを作っていた。全員に、しっかりした水分や糖分の補給をしてもらう。もちろん、ベンチには大きな傘《パラソル》を何本も差して日陰を作っている。最近、暑いからなぁ。熱中症対策は大事や。

「蓮華、おつかれさまです」

休憩のためベンチへ戻った蓮華に、水の入った銀盃を渡してくれたのは夏雪だった。牡丹鯉団の真っ赤なユニフォームをまとって、芙蓉虎団のベンチに座っている。

「夏雪、どないしたん？　牡丹鯉団の練習せえへんの？」

「べつに、蓮華が心配で来たわけではないのだから。お水と……そう。檸檬《れもん》の蜂蜜漬けを作ったの。蓮華に食べてほしいなどとは思っておりませんが、わたくしの蜂蜜漬けは美味しいから。わけて差しあげても、よろしくてよ？　あとは、そうね。偵察です。偵察をしているのよ」

蓮華が作り方を教えたメニューだった。糖分とビタミンを摂取できて疲労回復にいい。そればかりか、美容と健康にも効果がある。野球をしている者たちにレシピを渡していた。夏雪もお気に入りのようだ。このほかにも、桃のジャムの作り方も、みんなに提供していた。

「ありがとう、夏雪」

「桂花燕団も見に行こうと思ったのだけど、立ち入りを禁止されたの。どのような練習をしているのか、まったくわからないわ」

やはり、王淑妃の情報は外に漏らさないか。夏雪まで出入りできないとなると、かなりの徹底ぶりだ。せめて、打者なのか、投手なのか知りたい……。

「ただ……桂花燕団の一同、みんな同じ色の手ぬぐいを持っているみたい」

「それって……橙色？」

「ええ、そう。橙色の手ぬぐいです。こう……応援でふるらしくって。その練習は、見せてもらえました」

夏雪は頭の上で手を振り回す動作をした。その姿が、前世の記憶と重なり、蓮華は項垂れた。巨人ファンが応援の際にふる橙色のタオルだ……やっぱり……というか、応援のタオル回しまで練習しとるんかーい！

あれから、個人的に王淑妃へ「お会いしましょう」と手紙を何度も書いたが、答えはすべて「否」だった。正一品の茶会なら、応じるそうだ。王淑妃は絶対に蓮華と二人で会いたくないらしい。なんでやねん。

やはり、王淑妃には前世の記憶がある。だのに、隠している。

なぜだろう。周りに隠すならともかく、蓮華にまで。

「それより、蓮華。本当に大丈夫なの？」

夏雪が視線で示した先にいたのは、星霞だった。すっかりチームに馴染んだとは言いがたいが、日陰で涼んでいる。

「みんな心配してくれるけど、べつになんもないで？」

またこの話……ええ加減、飽きた。けど、蓮華がアホなんもわかっている。いっそ、首から「私はアホのお人好しです」って、さげとく？

「本当かしら。遼家と言えば、皇城でまた幅を利かせているそうじゃない。父親が大きな顔をするから、娘も恥知らずなのよ」

「そんな辛辣な……夏雪だって、前はあんなに仲よくしてたやろ？」

「それは、彼女がそういう立場だったからよ。蓮華、気を悪くしないでね。わたくしは、立場で人を評価しています」

夏雪は臆面もなく述べた。蓮華がそういう評価基準を嫌っていると知りながら、あえて口にしている。

「これははっきり言っておくけど……宮廷など、打算と陰謀の温床なのよ。わたくしは、利になると思ったから彼女と仲よくしていただけ。そういうものだから……こういう言い方、いつも蓮華にたしなめられるわ。蓮華が嫌いなのは知っています。でも、わかって」

夏雪は強めの言葉を使いながらも、蓮華の顔色をうかがっていた。それでも、わざと、このような言い方を選んでいる。

「わかってるで。おおきに。夏雪の忠告は嬉しいわ」

夏雪は正しい。この国の上流階級の在り方だからだ。蓮華の正義を貫くには、環境を変えなければならない。

「そう……なら、いいわ。わたくしは一度しか言わないから。どうせ、蓮華はわたくしの言うことなんて聞かない……でも、なにかあれば惜しみなく力を貸しますよ」

「それも、お貴族様の打算ってやつ？」

「……ちがうわ。これは、蓮華にいなくなられると困るという、わたくし個人の不平等な意見。損得はありません。万一、陳家が蓮華の敵になったとき……わたくし個人は抵抗します。どうにもならなければ、自決します」

「いやいや、大げさ……」

「大げさではありません。わたくしは、あなたについては家の利益よりも、個人の感情を優先します。そういう話をしているのです。逵昭儀にはできなかったことを、わたくしはする覚悟があります」

夏雪は銀の器に盛られた檸檬の蜂蜜漬けを差し出し、まずは自分で食べて示した。

「毒はありませんから。わたくしの蜂蜜漬けが、一番美味しいと確かめなさい」

蓮華も檸檬の蜂蜜漬けをいただく。つやつやの輪切り檸檬は、甘酸っぱい。綺麗な薄切りなので、しっかりと漬かって皮まで美味しく食べられた。夏雪の自画自賛は、見栄《みえ》などではなく本物だ。

「うん、美味しいで。めっちゃ美味しい」

「そうでしょう。わたくしが、一番でしょう？」

甘酸っぱくて美味しいだけではない。夏雪の言葉が蓮華には嬉しかった。

夏雪は貴族の社会に囚《とら》われている。それでも、蓮華とはなにがあっても仲よくしていたいと伝えてくれたのだ。わざわざ強い言葉を使っているが、大げさなどではなく、夏雪の本音なのだろう。

「逵昭儀が蓮華に渡した盃に毒が盛られているって……わたくし、近くにいたのに気がつかなかったから……」

逵昭儀が蓮華に毒入りの盃を手渡す現場には、夏雪も居合わせていた。ずっと悩んでいたのかもしれない。

夏雪は素直な性分ではなかった。負けず嫌いで、根っからのお貴族様ムーヴが染みついている。それなのに、今はとても素直に蓮華と接してくれていた。

蓮華はついつい、お人形さんのような夏雪の頭をよしよしとなでてしまう。夏雪は照れながらも、蓮華の手を払わない。

「わたくし、最初は蓮華が気に入らなかったの。でも、今はいなくなられると困ります。蓮華はわたくしの知らないことをたくさん教えてくださるから……しゅ、主上と仲睦《なかむつ》まじすぎるのは、思うところがありますが……！」

「せやねん。なぁんか、うちだけお気に入りみたいになってるからなぁ。夏雪だって、こないに可愛いお妃様なんですよって、ぼちぼち売り込まなあかん」

「いえ、蓮華。そうではなくって……蓮華と一番仲がいいのは、わたくしですから。だから、これは忠告で……」

「主上さんは、もっといろんな女の子とおつきあいしてみても、ええと思うんや。やっぱ、お見合いセッティングしよ。恥ずかしかったら、合コンにしよ！　イケメンがもったいない！」

「人の話を聞きなさいってば！」

女遊びはよくないが、いつまでもぐだぐだと芙蓉殿の寝台をレンタルさせるわけにもいかない。このままでは、凰朔国の世継ぎがいなくなってしまう。これは一大事ではないか。子供を産むのが目的のつきあいも、あんま健全な気もせんけど……そもそも、後宮ってそういう場所やし！　野球してるけど！

「あ、そろそろ休憩時間終わりやー！　夏雪、蜂蜜檸檬おおきに！　自分の練習に戻りやー！」

「ああ！　もう！　蓮華ってば！」

蓮華はそう言って、ベンチに座ったままの夏雪に手をふって走り出す。

　さてさて、と。蓮華は投手だが、試合となれば打たないわけにもいかない。投手に打撃はあまり期待しないものだが、チームの足を引っ張るお荷物ではいけないのだ。

　それに、不甲斐ないことに芙蓉虎団には攻撃力が足りない。一番野球が上手い蓮華が、消去法で四番《よばん》打者をつとめている現状だった。

「ほな、気合い入れて行こかー！」

　蓮華はバットを大きくふって伸びをする。そして、打席に立った。

　控え投手が蓮華の代わりにピッチングする。

　今は、芙蓉虎団が強い。野球を妃たちに教えているのが蓮華だからだ。蓮華のチームが強いのは必然である。しかし、それも最初だけだろう。夏雪は、身体能力が高い。劉貴妃も監督として才覚を顕わしている。王淑妃の出方もわからない。あぐらをかいていては、芙蓉虎団一強の時代はすぐに終わってしまう。

　そうならないように、蓮華も練習あるのみ！

「あ……！」

　カッキ────ン！　と、思いっきりフルスイング。バットはボールをとらえるが……重心がそれてしまった。バットの芯に当たっていない。蓮華が打撃練習をはじめて三十三球目にして、四回目のファウルボールだった。

「あー……なんでや」

打った瞬間の予想どおり、ボールは意図しない方向へ勢いよく飛んでいく。打ち返してホームランにするどころか、ほとんど真横。見事なファウルだ。ボールは練習用のグラウンド、そして、芙蓉殿の庭を越えていく。

「ごめんな！　うち、ボールとってきますわー！」

蓮華は明るく笑いながらヘルメットを脱ぐ。戦用の甲冑《かっちゅう》を改造しているので、強度は申し分ないが、重くて暑い。

「鴻徳妃、私どもが……！」

「かまへん、かまへん！　うちが行ったるわ！」

ボールを拾いに行く蓮華を引きとめる声もあった。しかし、ボールは芙蓉殿の庭を越えて飛んで行ってしまったのだ。庭の向こう側は……皇城だ。宮廷と言っても、後宮と皇城ははっきりと区分されていた。後宮の者は許可なく出入りできないのだ。

天明が使っている抜け道から、こっそりボールを回収して戻ろう。さっと行って帰ってくるのが、一番穏便だ。ほんまは、あかんけど。

後宮内なら、どこへボールが飛んでも、たいていなんとかなるのに。後宮のあちらこちらでキャッチボールをしたり、素振りをしたりする姿が見られるのが現状だ。お互いにいろいろと承知した関係が築かれていた。

「ごめんくださーい――どなたですか――鴻蓮華と言います――お入りくださーい――

ほな、ありがとう」

蓮華は抜け道から、こそこそと後宮を出る。一応、一人であいさつもしておいたので、ヨシ!

「ああ、あったあった。割とすぐ見つかってよかったわ」

蓮華は早々にボールを発見できた。

しかし……いつも、庭の向こうに見えていたとはいえ、皇城は後宮と趣きがちがう。外廷とも呼ぶらしい。

瑠璃《るり》瓦の派手な建物が並ぶのは、あまり変わらないところだ。雅な装飾や白い壁も同じなのだが、方向性が逆なので雰囲気にも差がある。後宮は華やかで優雅なモチーフが多いが、皇城は雄壮で力強い。そういえば、皇帝の象徴は龍だったか。主上さんが球団を持つなら、ドラゴンズやな。

「なにをしている!」

などと観察をしていると、お約束のように見つかってしまった。

背が高く、ガタイのいい衛士の兄ちゃんたちが怖い顔でこちらへ向かってくる。矛を向けてこないだけマシかもしれない。

蓮華はできるだけ怪しまれないように、シャキッと表情を改めた。大丈夫。怪しい者《もん》やない。

「怪しい者やありません。私は鴻蓮華。後宮から来たんですわ」

キリッとした表情で言うが、衛士たちは訝《いぶか》しげな顔で蓮華を見つめるばかりだ。

「鴻？　後宮？」

「そうです。ちょっとボールをとりに入らせてもらい――」

「徳妃ともあろう御方《おかた》が、このように珍妙な身なりのはずがなかろう！」

「あ」

指摘されて、蓮華は自分の姿を確認する。

練習中だったので、上下縞柄のユニフォームだった。ゆったりと裾の短い袴《ズボン》は七分丈なので、ぎりぎり破廉恥ではないけれど……高貴な女性の格好ではない。

後宮では輿で移動する習慣がすっかり廃れてしまったため、最近は妃たちも裾が短い裙や袍《ほう》を穿く。けれども、いきなり後宮外の人間が見ると、異様だろう。すっかり失念していた。

「いや、待って待って。ほら、この髪飾りなんて、ごっつい高かったんやで。翡翠やで。こんなん、妃やないとつけへんで」

まあ、値切ったんやけど。

蓮華は必死に自分の身分をアピールしようとしたが、これと言って決定的な物証を出せない。芙蓉殿へ帰ればいくらでもあるのだが、なにせ野球の練習中だった。ボールしか持っていない。あ、ポケットに飴ちゃんあった。

「こっち へ来い」

「連行する」

「そんな……信じてや……」

怖い顔の衛士さんたちが二人して、蓮華をにらみつける。両手をがっつりホールドされ、逃げられそうになかった。身長差があるので、捕らわれた宇宙人みたいになる。

池乃《いけの》めだかの気分や。

どないしょ……後宮に確認さえできれば、蓮華の身分はまちがいなく保証される。しかし、本当に確認してくれるとも限らない。

「待ちなさい」

連行されていく蓮華の耳に、聞き覚えのある声が届いた。

ふり返って、蓮華はパァッと笑顔を作る。

凰朔の人間には珍しい白髪を一つに結っているのがトレードマーク。表情が乏しく、感情がよくわからない顔は、ちょっとばかり冷たく見えた。立派な袍服を揺らしながら、現れた男性は衛士たちに説明する。

「その御方の身分は、私が保証します。徳妃、鴻蓮華様にまちがいありません」

「午殿！」

　連行されそうになる蓮華の前に現れたのは、乍颯馬。天明の側近だった。

　颯馬が身分を証明してくれたおかげで、蓮華はあっさりと解放された。とはいえ、衛士に非はまったくない。無礼を平謝りする彼らに、蓮華はあっけらかんと「ええんやで。おつかれさん！」と言って、飴ちゃんを渡しておく。

「鴻徳妃。いったいこのようなところで、なにを……」

　衛士たちがいなくなると、颯馬が問う。あまり顔に感情が出ない男だが、呆れているのだろう。

「ちょっと、ボールをとりに……野球しててん」

「野球ですか……大宴でも披露されるとのこと。秀蘭様が楽しみにしておりました。しかしながら、皇城と後宮は勝手がちがうのです。正式なお手続きをされるか、主上に文を出されたほうがよろしかったのではないでしょうか」

「ド正論やけど、主上さんにわざわざ、ボール拾ってくださいってお手紙書くんも、アホらしくて」

「主上は拾ってくださいますよ。鴻徳妃のおねがいですから」

「球拾い皇帝……あかんやろ、それ。絶対、文句言われるわ」

　蓮華は現在、球拾い妃なのだが。

「文句はおっしゃられるでしょうね」

「せやろー？　主上さん、文句垂れ太郎やもん」

会話をしているうちに、颯馬の表情が若干やわらかくなっていく。年の頃は天明と同じくらいなので、二十歳前後。しかし、笑うとなんとも……カーネル・サンダースに似るのだ。髭《ひげ》を生やして、あと二、三十年もすれば、白いスーツが似合うだろう。

「颯馬こそ、なんでこないなところに？　主上さんのお付きやないの？」

「皇城では、四六時中、主上についているわけではないのです。私にも職務がありますから」

「せやったら、余計になんで？　いや、助けてくれたんは、ありがたいけど」

「なぜでしょう……胸騒ぎがしまして？」

蓮華の問いに、颯馬も上手く答えられないようだった。よくわからないうちに、外を歩いていたら蓮華を見つけたという……なんとも、都合がよすぎる。

彼の面影も相まって、「もしかして、前世で助けたカーネル・サンダースが恩返し？」などと勘ぐってしまった。んなわけあるかい。

「さあ、鴻徳妃。後宮へ帰りましょう。主上には黙っておきますから」

颯馬にうながされ、蓮華は素直に歩き出した。が、すぐにくるりと踵《きびす》を返す。颯馬の手を引き、にっこりと笑う。

「なあなあ、おねがいがあるんやけど」

❀ ❀ ❀

典嶺《てんれい》帝が崩御し、新しく即位したのが天明帝である。その治世は三年目に差しかかっていた。

天明は即位前より女遊びばかりして、政に関わらぬことで有名だった。政の実権は皇太后である秀蘭が掌握している。

しかしながら、最近はどういうわけか、遊び人の皇帝が政に積極参加していた。秀蘭が政を動かす体制は変わらぬが、少しずつ実績を作り、共同統治のような状態に移りつつある。

そのきっかけについて、人々は憶測するしかない。

一番有力な噂は、天明が寵愛《ちようあい》する後宮の徳妃の影響とされていた。豪商、鴻家の令嬢で貴族の身分は持たぬが、後宮で自由奔放に商売をしている。現実主義のやり手と評判だ。鴻徳妃――蓮華の影響で、天明は政にやる気を出したのではないか。

だが、実際の理由を知る人間は少ない。天明の政への参加に蓮華は大きく関与しているが、決して影響されたなどという単純な理由ではない。

天明は自ら、秀蘭より政の実権を取り返そうとしていた。そのために、反秀蘭派の貴族たちと手を組み、政権掌握の算段を立てていたのだ。しかし、蓮華の介入で天明と秀蘭は和解した。

もう、秀蘭と天明は敵対していない。天明自身の実績を作り、秀蘭から自然な形で政の実権を譲り受けようとしている最中であった。あと何年かはかかるだろうが、必ずあるべき形に戻す。

それには障害もある。天明が秀蘭と和解したところで、反秀蘭派の貴族たちは勢いを止めない。秀蘭は女性であるばかりではなく、貧民層の出自だ。そのうえ、天明と組んで現在は、新しい官僚の登用制度を整えようとしている。家柄にかかわらず、能力がある者には高い地位を与え、穀潰《ごくつぶ》しの貴族は排斥していく。

これには古くからの貴族たちが反発している。とくに、遼博宇《りょうはくう》を筆頭にした遼家の動きは無視できない。

「まったく。群れる輩《やから》は厄介ですね」

執務机にのせられた文書に目をとおし、秀蘭が息をつく。

皇太后の地位にある、皇帝の母。その美しさは後宮にいるときから衰えを知らない。成熟した果実の甘さと、一筋縄ではいかぬ苦みを併せ持つ。前帝に見初められ、正妃までのぼりつめた女の魅力は年月ごときでは色あせなかった。

秀蘭は書類を投げ、椅子の背に身をあずける。

「厄介なのは、もとより承知している」

秀蘭の投げた書類を拾いあげながらも、天明は表情を変えない。

これは天明の提案した法案である。官吏登用制度の見直しと、貴族たちへの税制改革だ。最初からとおるとは、露ほども思っていない。案の定、朝議で反発を受けた。

「お手並み拝見しますよ」

秀蘭は天明を見あげて唇に弧を描く。挑まれているような視線である。天明は逆に口を曲げた。

「その言い方が、気に入らぬ」

「だって、母ですもの。励む子の姿は嬉しいものですよ」

「さっさと隠居させてやる」

母親面しやがって、腹が立つ。

天明は露骨に舌打ちするが、秀蘭はますます笑顔になってしまった。

「生意気なところが、小さいころと一緒で可愛らしい。あの見え透いた頭の悪い演技は嫌いだったから」

天明が無能を装っていたときの話だ。たしかに、今考えると見え透いた演技だったが……頭の悪いは言いすぎではないか。

「早く孫の顔を見せてほしいのです。世継ぎのほかに、公主《ひめ》も作りなさい。絶対に可愛らしいから」

「堂々と個人的な希望を述べるな。それよりも、今は……」

「後宮へは通っているのでしょう。早く子を作って鴻徳妃を正妃にしなさい。なんのために顔がいいと思っているのですか。押し倒すのよ」

「なん……なぜ、あんな色気のない妃など……」

「孫の顔が見たいからです」

「あれが正妃になったら、大変なことになるぞ!?」

「いいではありませんか。鴻家は新興勢力と成り得ます。これから貴族たちと戦うあなたの助けになりますよ。あと、きっと子も可愛い。皇子と公主を作りなさい。いいですね」

「もっともらしい意見と私情を交ぜるな！」

危うく、発音におかしな訛りが入るところであった……頭の中で、蓮華の「主上さん、突っ込みがお上手になりましたね！」という声が聞こえてくる。幻聴だ。

とはいえ、そろそろ世継ぎを、という声は実に多い。後宮に通い、のらりくらりとかわしているが、いつまでも世継ぎを作らなくともいい理由にはならなかった。

だが……そもそも、あの蓮華に夜伽《よとぎ》がつとまるのか、という疑問がつきまとう。そして、一瞬で「無理だな」という結論に至った。

「では、ほかの妃にしますか。王淑妃は今後の政の鍵になります。陳家も中立派の貴族ですから、陳賢妃を取り込むのも悪くないでしょう。劉貴妃は劉清藍《せいらん》の妹です」

秀蘭は指を一本ずつ折りながら、妃たちの名をあげた。

聞きながら、天明は誰の顔もまともに思い出せないことに気がつく。

後宮へ足繁《あししげ》く通っているが、天明はほとんどの妃と交流がなかった。宴の席で顔をあわせた程度で、言葉も交わしていない。王淑妃に関しては、まだ面識がなかった。

反秀蘭派の貴族たちの力が強く、思いのほか、政が上手くいっていないのが原因の一つだ。天明の頭に、妃について考える余裕がない。

否、子を生《な》すだけなら考える必要もないのだが。多くの皇子を作り、有能な者を次代の皇帝にすればいい。その機能を担うのが後宮なのだから。

ならば、そうすべきだ。答えは見えているのに、そうする気には不思議となれなかった。

「そういうのを、鈍感と呼ぶのですよ」

「は？」

「大宴が楽しみですね」

大宴で、ほかの妃たちと交流せよということか。

まったくもって、皇帝の身分も面倒くさい。無能を演じていた時期にはついてこなかった雑事があれこれ付随する。

「大宴を楽しみにしているのは、そちらだろうに」

天明は頭を抱えながら、壁に目線を移した。

「だって、楽しいではないですか」

「妙な影響ばかり受けないでいただきたい」

秀蘭の部屋の壁にかかっているのは、大きな旗である。黒と黄色の縞模様に、「芙蓉虎団」と記されていた。虎の模様も添えてあり、非常に猛々《たけだけ》しい。

野球の応援に使うそうだ。後宮で流行する珍妙な遊戯に、秀蘭もすっかり執心していた。大宴の演目として提出されたのを、天明が棄却したのに、わざわざ拾ってとおしてしまったほどに。

「私も、若ければ野球に参加してみたかったです。大宴が成功すれば、もっともっと広まってくれますね」

「どいつもこいつも……」

わざと口を悪くしてみるが、秀蘭は咎《とが》めるどころか嬉しそうだった。天明はいよいよ疲れてしまい、「もういい」と投げやりに言い捨てる。

誰も彼も、あの馬鹿げた妃に影響されすぎだ。

後宮のあちらこちらで球を投げたり、打ったり。茶会の代わりに、凧派《たこぱ》とかいう集まりを開き……そこらじゅうに、青葱《あおねぎ》の鉢がある……皇城にも、少しずつ影響される者がいた。後宮は区切られた世界とはいっても、妃たちには実家があり、文のやりとりなどもする。

秀蘭も周りの者たちも、どうかしているのだ。

「戻る」

天明は用事が済んだので、秀蘭の執務室をあとにする。

やるべき事項が多いのだ。こんな雑談につきあっていられるか。

「無自覚なんだから」

秀蘭の前を立ち去る際に、このような言葉を投げられた。なんの話だと、天明は大して気にせず足早に出ていく。

とにかく、今は課題が多いのだ。目下のところ、遼博宇を筆頭とした反秀蘭派の連中をどう抑えるか……地盤は着々と築いている。天明は新しい勢力と手を結び、力をつけていっている最中だ。問題はそればかりでもなく、細々とした事柄も次々表在化するのが悩ましい。

ときどき、考える。この立場にいるべきは、やはり天明ではない――最黎《さいれい》なら、もっと上手くやれたのだ、と。

――でもな。今、ここにおんのは、あんたなんやで？

そのたびに、柄にもなく泣きそうな顔になりながら、そう告げた蓮華の顔が浮かぶのだ。

どうしようもないお節介で、人が好く、すぐ他人の事情に首を突っ込む。そして、自分のことのように泣いたり笑ったりする。珍妙で強引で、まったく妃らしくない。

あれと夜伽は無理だろう。

否、無理だな。嗚呼《ああ》、無理だ。無理だ。

天明は自分の執務室へ戻って思い返す。

よくよく考えると、秀蘭とあまり実のある話をしなかった。まったく生産的ではない。全部、あの珍妙な妃のせいだ。ここにいないのに、腹が立ってきた。

「主上。劉清藍です」

無駄に腹が立つと、まともに書類も読めぬ。そう思っていた頃合いに、部屋の外から呼びかけがあった。

劉清藍は劉家の現当主だ。将軍を多く輩出する武家で、凰朔の軍事を支える。妹には後宮で貴妃の位がついていた。

若いが、天明の考えに理解を示す貴族の一人だ。

「入れ」

天明は思考を切り替えながらうながす。

「主上！」

しかし、次ぐ大きな声に、天明は軽く耳を塞いだ。そうだった。この男は声が馬鹿に大きいのであった。

いつもは、颯馬が間に入るので油断していた……そもそも、颯馬はなにをしているのだ。どこにいる。

「お喜びください！」

清藍は入室するなり、少々大げさに両手を広げてみせた。

見目は武人らしく、実に精悍《せいかん》だ。上背があり、四肢も長い。大槍《おおやり》を得意とし、腕もたしかであった。幼いころは、一緒に鍛錬したものだ。無能者を演じるようになってから疎遠だったが、今、またこうして力を貸してくれている。

「そのような大声を出さなくとも、聞こえているから、おちついてくれ」

「これは失礼しました！」

と、大声で返答される。

「例の……お探しものについて、朗報がございます！」

清藍の報告に天明は表情を変える。

彼には、軍事以外にも一つ大事な仕事を依頼していた。国内の防衛を総括し、広い情報網を持つ清藍にしか頼めないことだ。

「聞こう」

真剣な面持ちで答えると、清藍も得意げに身を乗り出す。

「ありがとうございます。東の海より、目撃情報がありました！　それも、多数！」

清藍の報告に、天明は思わず口角をあげた。嬉しいというよりは、どちらかというと、これで勝ったと確信する優越感だ。

「近々、主上の御前に！」

「楽しみにしておこう」

「は。この劉清藍。必ずや、蛸なる妖魔を生け捕りにいたします！」

これは蓮華のためなどではない。断じてちがう。

ただ、彼女が跳びあがって喜ぶ様を想像するのは……悪くないと思ったからだ。

❀　❀　❀

「はえー。後宮も広かったけど、皇城もめっちゃくちゃ大《おっ》きいんやなぁ！」

すっかり観光客の気分で、蓮華はあちこちに視線を向けた。華美を競う後宮とちがって、質実剛健。官吏が出入りするような場所は実用重視だった。おそらく、皇族がいる区分は、豪華なのだろうが。

驚くべきは、スケール感。後宮の建物も一つひとつが大きいが、皇城は縦にも横にも長い。「城」という表現が正しそうだ。案内がなければ、すぐ迷子になる。

「なああ、この塔に天気予報とか垂らしたら、どない？」

天に高く聳《そび》える楼閣に連れてきてもらい、蓮華はすっかりテンションあげあげであった。

「鴻徳妃、お声は小さめに。ただでさえ、特徴的な話し方なのですから」

「せやった！」

はしゃぐ蓮華を、颯馬が注意する。

――皇城の見学がしたいねん！

突然、蓮華が言い出したわがままを、颯馬は叶《かな》えた。困っていたが、意外とあっさり「鴻徳妃のご要望でしたら」と、男物の袍服を用意してくれたのだ。髪も結い方を変えて、颯馬と同じ一束《いっそく》にする。黙っていれば少年の小姓に見えるだろう。

「わがまま言うて、ごめんなー」

「いいえ。鴻徳妃には、いつもお世話になっておりますから。ささやかな恩返しだと思ってください」

「うち、なんかしたっけ？」

いくら面影があるからって、カーネル・サンダースの恩返しとは無関係やろ。

「主上は鴻徳妃に救われましたので」

「なんや、そういう……颯馬は、ほんま主上さん好きやね」

「ええ、この身を捧げておりますので」

颯馬はなんの躊躇《ためら》いもなく返答した。その口調もあまり変化せず、いつもと同じく抑揚に乏しい。最初は無愛想すぎて不気味だとも思ったが、だんだん、彼はこういう人間なのだと理解してきた蓮華である。

「鴻徳妃を見ていると、心が安らぎます。どことなく、安心できる。主上が鴻徳妃を気にかけるお気持ちは、とても理解できます。ですから、私も鴻徳妃のお役に、なるべく立ちたいのです」

「そんな褒められたら、調子のってまうわ」

「誇張ではありません」

大真面目に言い切られると、余計調子にのりそう。もう、のってるような気もするけど。

「颯馬は、なんで主上さんが好きなん？　エア遊び人になる前から？」

「絵亜《えあ》？　……主上とは、幼少のころからのつきあいでございます。実は私、孤児なのです。街で物盗《ものと》りをしておりました」

物盗りというのは、物盗りという意味だ。ほかの意味はない。颯馬の告白は淡泊だったが、蓮華はごくりとツバを呑み込んだ。

凰朔国は階級社会であり、貧富の差がある。両者には埋められない溝が存在し、蓮華もひしひしと感じていた。

物盗りのような行為をして暮らす者は残念ながら多く、犯罪者と断じてしまえるほど単純でもない。知らんけど、では済まされない。

「それで、なんですか。主上さんにたまたま出会って、命を救われたとか？」

「いいえ。あのころ、秀蘭様は自ら貧民街へ赴いて、人々に施しをしていました。そこに主上もおつきあいすることがございまして……有り体に言えば、お小さい主上を人質に金銭を要求すれば、しばらく暮らせると思ったのです」

「なかなかハードな告白やのに、眉一つ動かさへんのや……」

「私は異民族の血を引いているようでして。行きずりの強盗に孕《はら》まされた母が不本意に産んだ子なのです。家庭環境がよかったとは言えなくてですね。母もすぐ死にましたし……鴻徳妃のように感情豊かに話すのが苦手なのです」

「ハードすぎやろ！　重すぎや！　……あ、すんません。ついツッコミ入れてしまったけど、べつに颯馬が悪いとかやないで。癖や。話の腰折ってしもた」

「心得ていますよ」

朱燐もそうだが、この国の下層民は日本にいたころの蓮華には想像ができない世界で生きている。

「主上を人質に、と思ったのですが……逆に組み伏せられましたね。一方的に殴られて、川に捨てられました。今でも覚えていますよ。顔を三十三回殴られ、腹を四度蹴られました」

「待って待って。なんでや。情報多い、細かい、回数関係ないやろ！　それで、なんで今ここで主上さんのお付きしとんねん。わけわからへん。つか、主上さん地味に喧嘩強い……？」

あの腹筋は飾りではないし、ほかも鍛えているのは虚偽報告でもなかった。やっぱ、触らしてもらお！

「なぜでしょうね」

「なんでやね――あれ？」

ツッコミながら、蓮華は違和感をおぼえる。

颯馬がいつのまにか、手に持っているものがあったのだ。

紫紺の組み紐《ひも》。蓮華の髪を結っていた組み紐である。たしか、この色だったはずだ。

颯馬からの借り物だが、細工が細かかったのでよく覚えていた。

「気づかなかったでしょう」

はっとして、蓮華は自分の髪を解く。代わりとして蓮華の髪を結っていたのは、ただの黒い紐だった。なんの変哲もない。

「こういう芸当ができるものですから、主上は川から私を拾いあげ、雇うと言ってくださったのです。皇族に衣食住と身分を保障されるわけですから、金を巻き上げるよりも得をしますね」

「そらそうやけど……」

なんか、思ってたんとちがう。

首を傾げる蓮華の髪に、颯馬が手を触れる。解いてしまった黒髪を、紫紺の組み紐でもう一度結ってくれた。

「お優しいですから。主上は」

「ぼこぼこに殴っといて？」

「罪科には罰が必要ですから」

颯馬は物盗りを生業《なりわい》としていた。加えて、人々に施しを与えていた皇族からも金品を脅しとろうとしたのだ。

貧しさという理由はあったが、罪は罪。

天明は颯馬を役人へ突き出す代わりに、自らで颯馬を罰した。単純に颯馬の能力が欲しかったのだろうが、なんの罰も与えなければ、颯馬の改心はないと思ったのだ。

「もっと、お涙ちょうだい人情話かと思てた」

「むしろ、そういった類の関係だったなら、私はとっくに解雇されていましたよ」

天明は毒味に裏切られてから人が変わった。兄の最黎を帝位に就けるため、無能のふりをしていたのだ。一切誰も信じず、そばには颯馬しか置かなかった。

なるほど。たしかに、天明にとっては、お涙ちょうだいの主従関係よりも、利害関係のほうが信用できただろう。

颯馬は自宮《じきゅう》したと聞いた。自ら宦官になったのだ。

現在の凰朔の制度では、「名なし」と呼ばれる貧民層の出身者が姓を賜り、皇帝に仕えるには、それしか道がなかった。

だから、ただの利害関係では片づかない。天明と颯馬にしかわかり得ない関係が、きっと築かれているのだろう。

「今は、主上の治める国が早く見たい一心です」

「せやなぁ」

楼閣からのながめは、本当に都を遠くまで見渡せる。いや、都どころかその向こうの山や、青い空も。残念ながら、海は見えないが。

颯馬は、ずーっと向こうを指さす。

「あの山の向こう。いいえ、もっと先に延州があります」

延州は、王淑妃の故郷だ。山と大河を有し、王家が統治する広い土地だった。

「延州は凰朔の領土ですが、特殊。西には山の民族が住みます。そこを越えれば、他国の領土です。ゆえに、少々特殊な統治が為《な》される地でもある。王家は凰朔に属した貴族であり、独立した国の君主のようでもあるのです」

そのニュアンスは、なんとなくわかる。王家は中央の政には関わらない。しかし、延州では絶大な力を持っていた。

辺境を治める貴族は、除《の》け者や窓際族ではない。逆だ。

他国や他民族から攻められないための軍事力を所有している。確固たる資金源を持っており、並の貴族や皇族を凌《しの》ぐ勢力となれる可能性があった。延州の王家も、そういう存在だ。だから、天明は新勢力として手を結ぼうとしている。

「延州は大河の氾濫による水害も多い地域です。前帝の時代までは、王家に力を持たせすぎないために、この問題はあえて放置されておりました」

「あえて？　わざと？」

「そうです。此度《こたび》、主上はその延州の河川整備をまかされています。まかされている、と言うと語弊がありますが……」

「わかってるで」

　つまり、秀蘭の命令で延州の堤防建設の責任者として任命された。しかし、実際は天明が自ら申し出たと、颯馬は言っているのだ。

　事業が成功すると、延州を治める王家との繋がりが強まる。また、天明自身の政治的評価もあがるという算段だ。そんなに簡単ではないが、目的は理解できた。

「これを足がかりに、主上は官吏登用制度を一新します。最終的には、税制を変えられるおつもりです」

「税制？」

「所有する土地や商いの利益に応じて税を増やします。もちろん、貴族も同様です」

　それはいい考えだ。儲けている人間から税を多くとる。日本の所得税に近い考え方になるだろう。

　現在の凰朔国では貴族からの税収はない。上納金という形で献上される形式上の税はあるが、慣例であり義務ではない。納めない者もいると聞いた。

「選挙とか、できれば民主的なんやろうけどなぁ」

「選挙とは？」

「民衆が好きな人間に投票して、政治家を選ぶんや。自分たちの希望を叶えてくれる人に、政治をまかせる制度なんやけど……問題も多いから、むずかしいかも」

「鴻徳妃は面白いことを考えられる。善し悪《あ》しは、私にはわかりかねますが……その お話を聞いた限りだと、民から選ばれるために、街頭で金を撒《ま》く者が出そうですね」

「ははは。たぶん、そうなるかも」

民主政治は、まだ早い。歴史の教科書でも、たくさんの革命や戦争、人権運動があったと習った。天明の治世一代でなんとかなるものでもない。知らんけど。

「主上から、政の話は聞いていましたか」

「いやまったく。さっぱり教えてくれへん……うち、すぐ首突っ込みたがるお節介やからって」

「主上らしいです。あまり鴻徳妃にご負担をかけたくないようですから」

負担だなんて思ったことはない。

蓮華はたしかに、お節介のお人好しと言われるけれど、それはやりたくてやっていることだ。負担を感じた例《ため》しはない。

カーネル・サンダースを救って死んだのも、しゃーないと割り切っている。よくよく考えると、まあまあひどい死に方した気がするけど、ネタになるからええねん……呪いの再来は阻止したし。今年も、阪神が勝ってたらええなぁ……。

「せやけど、主上さんもがんばってるって知れてよかったわ。ありがとう、颯馬」

「いいえ。私はなにも……さあ、鴻徳妃。そろそろ後宮へ帰りましょう。送ります」

「あ……野球の練習してたんやった……」

見学もそろそろ終わりにして、後宮へ戻ろう。きっと、芙蓉虎団の面々や陽珊が心配している。

颯馬に伴われ、蓮華は高い高い楼閣をおりていく。

「はあー。通天閣、なかなか楽しかったわ」

蓮華は、この楼閣を勝手に「通天閣」と呼んでいた。

「いいえ、鴻徳妃。この楼は、通天楼というのですよ」

颯馬が真面目に訂正してくれる。なるほど、通天楼。勝手に通天閣と名づけていたが、そもそも惜しかった。

「午殿。斯様《かよう》な場所で、なにを？」

その通天楼の入口で、見知らぬ男に声をかけられた。もちろん、呼ばれたのは蓮華ではなく、皇城で顔の知られている颯馬である。

「気をつけて。あまりお顔を見られぬようにしてください」

「へ？」

颯馬はふり返る前、蓮華にこのような耳打ちをした。蓮華はとっさに、お辞儀をするふりをして服の袖で自分の顔を隠す。

「遼博宇殿こそ。本日、謁見の予定はないはずでは」

「まるで、私が主上に会える日にしか、皇城へ来ぬような言い草ではないか」

ねちっこくまとわりつくような声だった。颯馬が萎縮しているのがわかる。

遼博宇。

遼家の当主の名だ。反秀蘭派の筆頭で、天明たちの敵。そして、後宮にいる遼星霞の父だった。

蓮華は幼顔であどけない星霞を思い浮かべる。身体の色気は顔に不釣り合いだが、とても可愛らしい娘である。あんな幼気《いたいけ》な少女に、蓮華の毒殺を命じたのは、父親の遼博宇だ。だから、颯馬は蓮華に顔を見られないよう忠告したのだろう。男装しているし、蓮華は本来皇城にいない人間なので、バレないと思うが、念のため。

それでも……ちょっとだけ、ほんのちょびっと、蓮華は遼博宇の顔が気になってしまった。

星霞のお父ちゃんやし……若作りのイケオジなんやろうなぁ。いやいや、悪役のお貴族様やから、ちょい悪《わる》オヤジ系かもしれへん。

「…………」

蓮華は好奇心に勝てず、やや視線をあげる。相手に顔を見られないように、颯馬の一歩うしろに立ったまま。

どれどれ。

「！」

遼博宇の顔を見た瞬間、蓮華は唇をぎゅっと噛む。

変な声が出そうになったからだ。

めっっっちゃ……ビリケンさん!!

通天楼をおりた直後に、ビリケンさんにそっくりなオジサン、遼博宇に声かけられた！　なんやねん、これ！　笑ったらケツバットされるアレの使いやあらへんで。うち、試されてるん？

遼博宇の容姿は、どう見てもビリケンさんであった。ビリケンさんが中華風の服を着て歩いている。糸みたいな目や、顎の感じがそっくりだ。玉葱頭みたいな髪型がさらに拍車をかけていた。

けれども、遼博宇はビリケンさんと決定的にちがう。

満面の笑みだが、胡散臭《うさんくさ》い。ねちっこい声質もあるだろう。大阪のビリケンさんとは雲泥の差だ。幸運の神様にはまったく見えない。めっちゃ御利益あんのに……足の裏をなでさせてくれるどころか、踏みつけてきそう。

遼博宇のうしろにひかえている青年は、彼の付き人か。遼家の人間なのか、部下なのかよくわからない。

親子みたいな年齢差がありそうだったが、ビリケンさんとは似ていなかった。キリリと涼しげな目元が怜悧《れいり》な印象のイケメンで、顔にメリハリがあって華やかだった……ビリケンさんのうしろに立ってるせいで、あんま目立たへんけど。

「…………」

青年と一瞬だけ目があったため、蓮華は頭を深くさげる。うっかり観察しすぎてしまった。ビリケンさんのせいだ。

「乍殿からも、あの下民に馬鹿な真似はよせと進言していただきたい。貴族への課税など、国力をさげるだけの愚策である、と。これだから、思いあがった名なしは……つけあがらせすぎだ」

遼博宇はどうやら、あまり機嫌がよくないらしい。

あの下民とは、秀蘭のことだろう。さきほど颯馬から聞いた、税制の改革案について立腹しているのだ。

言い方がねちっこい！　さっきより、声が嫌みたらしい！

「結局、怖《お》じ気づいて主上も下民の側についてしまわれた。情けなくはないのかね……と、乍殿に言っても無意味か。あいかわらず、聞いておるのかいないのか、わからん顔だ」

颯馬がなにも言い返さない、いや、言い返せないのをいいことに、遼博宇は好き放題だった。表情一つ変えない颯馬の態度も気に食わないらしい。

なんでここまで言われなあかんのや。イラチやわ。

やられても、やり返さん。許すのが蓮華の信条だ。大阪のオカンだって、いつも言っていた。大阪マダムたる者、寛大な心が大事である。みみっちいことを考えるのは、日々の節約と特売のときだけで充分だ。

でも、それは改心や仲直りの余地がある場合や。さすがに、うちかてここまで言われたら頭来るわー！　言われてんの颯馬やけど。

「お言葉ですが！」

蓮華はつい、声をあげてしまった。

あまり表情を変えないはずの颯馬が、ギョッとしている。しもたなぁと思ったが、もう引きさがれなかった。

遼博宇はビリケンさんみたいな顔にしわを作る。なにか言い返されるとは考えていなかったらしい。それも、見たことがない小僧からの発言である。

「いえ、失礼しました。政治を学ぶ身として、遼博宇様のご意見は非常に興味深いものでした。ありがとうございます」

蓮華はできるだけ関西弁をおさえる努力をしながら、腰を低く低くする。自身が今は小姓のふりをしているのを、忘れてはならない。

「其方《そなた》、名は？」

「……陳蓮《ちんれん》と申します」

「陳……ああ、陳家の？　よい家柄ではないか」

「はは。ありがとうございます」

鴻を名乗るわけにもいかず、勝手に夏雪の姓を言ってしまった。

凰朔の貴族は氏族意識が強いが、同じ家名でも、大貴族ほど分家をくり返している。一口に「陳家の者です」と名乗っても、ピンからキリまでいた。名家の子息であっても、パッと名前と顔が一致しないのが普通だ。

「一つ、お聞かせねがいたいのですが……ビリケ……いえ、遼博宇様の思想に基づき、このまま旧来の政治を続けた場合、国庫は如何様《いかよう》にしますか。庶民から多く取り立て、貴族を非課税とするなら、不作の年の税収にばらつきが出ます。大がかりな事業はできなくなりますし、国は緩やかに衰退していくのでは？」

税制の改革は、なにも国民の不平等を解消するためのものではない。飢える者からはとらず、代わりに富んだ者から多く徴収する。これは国の税収を安定させる制度でもあるのだ。そして、国全体の福祉として還元する。そういうもののはずだ。

従来の制度では安定しないからこその改革案だ。民衆から搾れるだけ搾りとっていっては、いずれ破綻するか、反乱が起きるだろう。

「遼博宇様のマニフェスト、いえ、経営理念をサクッとお聞かせください」

涼しい顔で問うてみたが、政治理念やったー！　と、内心でツッコミを入れた。関西弁の訛りを出さない努力ばかりに必死で、語彙力が覚束《おぼつか》ない。

「陳蓮殿。なんのために、貴族があると思う」

遼博宇は興味深げに顎をなで、このように続けた。胡散臭い笑みが、やや改まる。ジロリとにらまれた気がして、蓮華は背筋に寒気をおぼえた。

「人民を支配し、統率するためだ。奴《やつ》らは烏合《うごう》の衆。統率者なしには国を支える能力など得られぬ。そして、国が豊かになるには支配階級が強い必要がある。なぜだか、わかるかね？」

知らんがな。

蓮華は口に出さないまま、眉根を寄せる。

「支配階級には、民を守ってやる義務がある」

ほーん？

「国が飢えて回らぬと言うのであれば、利益を出してやるのも我らがつとめ。蓄えた武力をもって、新たな地を平定するまで。そうすれば、新しい利潤を得ると同時に、下民どもの不満の矛先を外へ向けられる」

ははーん。うん、わからへん！

つまり、回らへんなったら、他国を侵略する、と。

たしかに、戦争は……商売の目線では利益が出る。とくに、鴻家のような立ち回りの商家が武器に手を出せば、破格の特需が見込めるだろう。

侵略に成功すれば、土地も増える。新しい土地の民は奴隷になり、不満の溜《た》まる貧民層の下も作れるかもしれない。言い方は悪いが、自分よりも下に人間がいれば、現在の生活をマシだと思えるからだ。まやかしである。

蓮華は日本で世界史を学んだ。太平洋戦争のイメージで語ると、悲惨な総力戦を思い浮かべがちだが……戦争とは、もっと合理的なのだ。相手を全滅させるのではなく、利益が出るところまで戦い、政治的な交渉で調整をする。陣取りゲームのようなものだ。

そうやって、凰朔も国土を広げていった歴史がある。

遼博宇のマニフェストは前時代的だが、凰朔の歴史と文化に基づく価値観では正しかった。

この国は、まだ人民革命も民主主義も、総力戦も経験していない。人の命がどうとか、人権とか、優先度の設定が低すぎる。

せやけど、そんなんちがう。ちがうんや。

うちは、そんな国が見たいんやない。

「そんなん――」

「蓮」

つい、カッとなって蓮華は反論を口にしようとするが、それを颯馬が制した。表情はやはり乏しいが、口調が厳しい。

蓮華は、はっとして言葉を呑み込む。

今は言い争う場面ではない。蓮華は素性を明かせないし、遼博宇に顔をおぼえられるのは得策ではなかった。

「……貴重なお話、ありがとうございました。勉強になります」

蓮華は渋々と、頭をさげる。

ほんまはこんな奴に、頭なんてさげたないわ。

しかし、蓮華がキレれば颯馬に迷惑がかかる。巡り巡って天明の不利益にもなるだろう。

だから、これは敗北ではない。戦略的撤退や。こんなアホにつきあってられるほど、うちも暇やないしな。よし、今日のところはこれくらいで勘弁しとこか。

「わかったなら、よい」

遼博宇たちは立ち去る。まるで、道ばたの石ころのような扱いだ。

頭をさげたままの蓮華の視界には、去っていく遼博宇たちの足元だけが見える。なんとなく、遼博宇のうしろに立っていた青年の足が、少し長く留まっている気がした。

「ぷはぁー！　息止めてたわ！」

二人が完全にいなくなったのを確認して、蓮華はカラッと笑ってみせる。頭来たんを吹っ飛ばすには、笑うんが一番や。というか、笑うしかないやろ。

そんな蓮華を見ても、颯馬はやはりあまり顔色を変えなかった。

「ごめんな、颯馬。うち、余計なことしてしもた」

「いいえ、鴻徳妃……安心しました」

安心？　蓮華が首を傾げると、颯馬はほんのちょっぴり表情を和らげた。うん、やっぱ、笑うとカーネル・サンダースっぽい。

「早く鴻正妃とお呼びしたいです」

「はあ……？」

正妃かぁ……正妃になったら、もっと自由に商売できるし、ええかもなぁ。とは思うものの、どうしても皇帝の第一夫人というのがピンと来なかった。

正妃は後宮の一番上の位で、皇帝の正妻という立場だ。現在の正一品以下は側室という位置づけである。

「もっと別嬪さんがおるし、うちは徳妃の響き好きやで。お徳用って感じするわ……別嬪さんといえば、星霞のお父ちゃん全然似てへんかったな……ビリケンさんみたいなも顔やった……あ、ビリケンさんってのは、うーん。うちの遠い知りあいみたいなもんや」

「星霞……遼昭儀ですか？　たしかに、あまり似ていらっしゃらないですね。母方の齊《さい》家の血をよく継いでおられるのでしょう」

「齊家？　どっかで聞いたような……？」

「遼博宇殿の奥方は、齊家のご出身です。遼昭儀と、今は亡き最黎皇子は従兄妹《いとこ》のご関係にあります」

思い出した。天明と並んで帝位継承権を持っていた最黎皇子の母は、前帝の時代に貴妃の位にあり、齊貴妃と呼ばれていた。

皇帝が崩御すると、後宮は解体される。妃たちは、よほどの理由がない限りはお役目を終えて、尼寺へ入ることに決まっていた。もしも、天明が死んだ場合は蓮華もそうなる。

貴族社会の血縁関係は、わかりにくい。そんなところで繋がりがあるとは思っていなかった。

でも、星霞は父親に似なくてよかったと思う。妙に顔が幼いのは、ビリケンさんの系譜かもしれんけど。

蓮華の知らないところで、様々な事情が動き、繋がっている。

そんな世界に、蓮華も巻き込まれているのかもしれない。知らんけど。

五

予想どおりというか、案の定というか。

野球の練習中だったのをすっかり忘れて皇城に長居したため、蓮華は陽珊や朱燐からこっぴどくお説教されてしまう。芙蓉虎団の面々も、ずっと蓮華を捜していたらしい。迷惑をかけた。

みんなには、皇城へボールをとりに行ったら迷子になり、颯馬に連れて帰ってもらったと言っておいた。遼博宇に会ったなんて話をすると、また天明に告げ口されると思ったからだ。今回は颯馬がナイショで見学させてくれているので、天明の耳に入れたくなかった。

とりあえず、今日の練習はお開きだ。

今晩は天明が来る予定となっていたので、蓮華は女官たちに身体を拭かれる。今日は希望したので、湯の張られた浴槽で沐浴《もくよく》し、身体も全部洗ってもらった。

サービスが過剰なのではなく、これは妃の身体に武器や毒が仕込まれていないかのチェックなのだ。当然、その間に服や、寝所もすべて検められる。

そうやって、身体も疑惑も綺麗さっぱりにしてもらった状態で、蓮華は寝所に放り込まれるのだ。

「邪魔をするぞ」

「邪魔するんやったら帰ってー」

「……は？」

寝所を訪れた天明のセリフが、あまりに馴染み深いパターンだったので、ついつい吉本の定番ボケをしてしまった。しかし、ノリがわからない天明は入口で表情を固まらせている。

「そこは、あいよーって帰っていきつつ、なんでやねん！　って、怒りながらツッコミを入れるんです。もう一回、やり直しますか？」

「やらん」

天明はイライラした様子で、ドカドカと床を踏み鳴らして入室する。気に入らないようだが、怒っているわけではない。

「おつかれさまです。ミックスジュースあんで。甘いものは、疲れがようとれるんですわ」

「ん」

蓮華が水差しからミックスジュースを注ぐと、天明はすんなりと受けとった。部屋には、お好み焼きの鉄板も用意していた。タネは作ってあるので、あとは焼くだけだ。たっぷりと、三枚焼ける量を作っている。

「主上さん、最近顔色悪いけど、ほんまに大丈夫ですか？」

「気にするな。もとからだ」

「いや、もとはもっとイケメンやから……」

やっぱり、天明は蓮華になにも言わない。

颯馬に聞いて、天明が行おうとしている政のむずかしさを知った。遼博宇のような敵がいるのも、悩みの種にちがいない。

蓮華がなにか口出しできる問題でもなかった。蓮華は商売については自信があるが、政治はわからない。ちょっと社会科の知識があるので、なんとなく理解しやすい程度だ。政治家にもなりたくない。

「なあなあ、主上さん。聞いてもええ？」

お好み焼きのタネを鉄板に垂らしながら、蓮華は問う。

「なんだ、畏《かしこ》まって」

畏まったつもりはなかったが、そう聞こえたらしい。

お好み焼きがじゅーじゅー焼ける音が、ちょっとばかり耳についた。

「あんな。主上さんの政治理念って、なんですか？」

蓮華はお好み焼きのコテをマイクに見立てて、ズイッと天明へ向けた。天明は「はあ？」と、苛立《いらだ》った返事をしながらも、数秒考える。答えに詰まったと言うよりは、回答を整理しているようだった。

「国の繁栄を望まない君主はいない。強く豊かな国づくりが必要だろう」

強く豊か――昼間に、遼博宇へ行った問答を思い出す。けれども、天明は間を空けずに続けた。

「なにより太平の維持。人民の平穏がなければ国の成長はない。そのために、階級制度の緩和と税制の見直しが――な、なんだ。その変な顔は。話しにくい……」

あかんあかん。知らん間に、目頭熱くなってたわ。

天明の言葉を聞きながら、蓮華は潤んだ目元を押さえた。

遼博宇の答えとは、まったくちがう。

天明も遼博宇と似た答えを返すかもしれない。それが怖かったのだ。政策がちがっても、根本の思想が同じ可能性だってある。同じ国で育った支配階級なのだから。

でも、天明はちがう。

蓮華は嬉しかった。

「主上さん、やっぱ好きやねん！」

「は……はあ……？　す、す……!?」

勢い余って叫ぶと、天明が狼狽《うろた》えながら蓮華から離れていく。蓮華はズイズイと追うように距離を詰めながら、両手で天明の服をつかむ。

「お、おま、お前はなにを言って……離せ！　やめろ、想定外だ。心の整理を――」

天明がものすごい力で引き剝がそうとしてくるが、蓮華も必死ですがりついた。

「主上さん、ほんま頼んます。がんばってや！　ビリケンさん、やっつけてや！」

「び、尾利権《びりけん》!?　なんだそれは！」

「遼家のオッサンや！　ほんまイラチな奴！　うち、主上さんを支持しますわ。堤防工事も、官僚制度も、がんばってや。そんで、あんなオッサン追い出してくださ
い！」

そう言いながら、蓮華は逃げる天明の背中をバシバシ叩く。

殴りつけてるんやない。激励や。お尻はセクハラになったら困るからな。でも、腹筋は今のうちに触っとこ。めっちゃ硬くて、ええわぁ。

そうしていると、天明も状況を呑み込んだらしい。抵抗をやめて、大きなため息をついた。

「な、なんだ、そうぃう……それよりも、お前はその話を誰から聞いた。遼博宇と会ったのか？　いつ。なぜ。話せ。今すぐに、だ。そこへ座れ。沈黙は許さぬ」

「あ」

これナイショやったわ。

蓮華は洗いざらい白状させられた。聞いている間、天明は頭を痛そうに抱えていたが、おおむね口をはさまなかった。

「颯馬を怒らんといたって。うちがわがまま言ったんや。ビリケンさんに文句言うたのも、うちが悪いんです。むしろ、助けてもらって感謝してんねん」

「わかっている……だが、あいつは妙に、お前に甘い。それは少し気に食わぬ」

「そりゃあ、たぶん、カーネル・サンダースのご縁やから」

「三田吾酢《さんだあす》……？」

あまり込み入った話はできないので、蓮華は笑って誤魔化しておく。

「ま、うちは主上さん応援してるから。なんかできることあったら、言うてや！」

「そういうお節介が嫌で話さなかったんだが」

「うちから、お節介抜いたら、商売しか残らへんよ。あと、野球？」

「威張るな。誰も褒めていない」

「褒めて伸ばしてや！」

「伸ばす必要がない」

威張っているつもりはないが、まちがってもいないはず。

お節介は、しゃあない。これは、大阪のオカンから叩き込まれてしまった。

シングルマザーで蓮華を育ててくれたオカン。「はよ引退して阪神カフェ経営したい」が口癖だった。

家中に貼られたバースのポスターや写真を思い出す。よくビーフジャーキー買いに行って、服や顔にサインしてもろてたなぁ。バースがプロデュースしたビーフジャーキー、また食べたいわ……オカン、元気にしとるやろか。

「主上さんがちゃんとした皇帝になってくれそうで、うち将来が楽しみですわ」

「もう皇帝なんだが」

「まだまだ新米やわ」

にこにこしている蓮華の顔を、天明がまじまじと見つめてくる。どうしたのだろう。心なしか、顔が赤い気がした。

「あ、そうや。うちにできること、あったわ。大宴、楽しみにしててや」

あまり見られると、こっちだって照れる。

「野球のチーム編成は実力主義なんです。妃も下働きも関係あらへん。大宴でみんなが大活躍すれば、身分差別なんてしょうもないって証明できますよね？」

たとえば、朱燐は非常に足が速い。外野手としての守備力も評価しているが、なんと言っても盗塁の成功率が高かった。派手に打つ選手もいいが、彼女のようなタイプも観客には魅力的に見えるだろう。

「野球が国民的スポーツになれば、もっともっとレベルがあがりますから。野球しとったら、身分の偏見はなくなっていくんとちゃいますか。運動は健康にええし、みんなの娯楽になります。ちょっとは主上さんのお手伝いになると思いますわ！」

どうやろか？　蓮華が胸を張ると、天明は存外、真面目な顔をする。

「悪くはない」

「せやろー？」

蓮華は、ますますどや顔になってきた。天明は嫌そうに表情をゆがめ、視線をそらしてしまう。

「悪くはないのと、あの珍妙な遊戯を歓迎するのとは話がちがうぞ」

「新しい文化や。平和が続けば文化が育ちます。庶民も楽しめる文化は、国の得や」

「正論を言えばいいという話ではないからな」

「ええんや。うちはうちで、主上さんの応援しますから。野球の興行で儲かれば、宮廷の外に球場造るんや。そしたら、雇用も増えるでしょう？　あと、粉もんも安価に売れれば、絶対流行りますわ。貴族も庶民も、同じもん食べて楽しむんです」

「だから……まあいい。そういう方向の協力なら、お前が勝手にすればいい話だ」

本当は蓮華にできることは、ほかにもしたい。けれども、蓮華にはお金を出したり、後宮を盛りあげたりしかできないのだ。

「もとはと言えば、俺が巻き込んだようなものだからな。これ以上はいいから、お前はやりたいように過ごせ」

あ……蓮華はすぐに返せなかった。

天明は気にしているのだ。

蓮華を政に巻き込んだ、と。

本来、蓮華は徳妃の地位をもらえる家柄ではない。天明と秀蘭の対立に巻き込まれなければ、政など知らぬ存ぜぬで過ごせたのだ。

天明が勝手に蓮華を引き込んだ。そう思われているのだろう。

「いまさら、なに言うてんねん。主上さんの悪いところや。一人の問題にしてウジウジしてんの、ようないと思うで」

つい、目の前の天明が子供のように見えて、頭に手を伸ばしてしまう。ぽんぽんと、なだめるようになでてやる。天明は嫌がらず、素直に目を伏せた。珍しい。

「それに、うちが巻き込まれんかったら、主上さんは秀蘭様と喧嘩したまんまやったやろ？　あのままにならんくて、ほんまによかったと思います。うちがおらんでも、なんとかなってたかもしれへんけど……でも、お二人の仲直りに協力できて、嬉しかったんです。あと、うちは商売がしたくて、納得して契約したんや。そこんとこ、まちがえんといてほしいです」

だって、蓮華はもう巻き込まれた。

天明や秀蘭の事情を知り、理想を知っている。いまさら遅い。こうなってしまえば、関わらずにはいられないのが蓮華だ。

ええねん。困ってる人がおったら、声かけてしまうんが大阪マダムやから。

「蓮華」

天明に名前を呼ばれると、妙にくすぐったかった。

せや。主上さんから名前で呼ばれるん、初めてかもしれへん。

「あ、主上さん。お好み焼き、食べんと！　焼けすぎてしまうで！」

忘れるとこやった！

蓮華は、パッと鉄板をふり返る。よし、焼けてそうやな！

「今日もぎょうさんお食べや。主上さん、二枚食べてくれるから、ほんま好きやねん。焼き甲斐あるわ」

蓮華はお好み焼きを手早く器にのせ、ソースやマヨネーズを塗る。青海苔と、削り節も忘れたらあかん。

ちょうど、天明がこちらに手を伸ばしかけて固まっていたので、器をポンッと持たせてやった。

「さあ、食べましょ！」

「…………」

天明はなぜだか、機嫌が悪そうに顔をそらしてしまう。

それでも、結局、彼はお好み焼き二枚を完食した。そのあと、試作品のケーキも食べてくれた。飴ちゃんも、五つ持って帰った。めっちゃ食べた。

❀ ❀ ❀

——俺が守ってやっから、お前さんは安心してりゃあいいんだ。

そう、言っていた。

水仙殿の回廊を進みながら、一人の侍女が首を横にふる。

つい物思いにふけっていた。

今の自分の役割を忘れてはならない。

名前は傑。水仙殿に住まう淑妃、王仙仙の侍女だ。左目を隠す眼帯に阻まれた視界には、水仙殿の庭が映っている。夕闇に沈んで薄暗く、吊《つ》り灯籠の明かりがなければ、真っ暗闇だろう。

その暗さと静けさが、故郷の空を思い出させる。延州から、遠く離れた場所まで来てしまった。あの山々や大河の水面がなつかしく感じる。が、それは今の傑には必要のない回想だ。

それよりも、静寂の庭に不釣り合いな音が聞こえる。

「王淑妃」

暗い庭のすみで、棒を振り回す音だ。風を斬る音とは、このようなものだろう。

棒を振り回すのは、この水仙殿の主――王淑妃だ。珍妙な青い袍服に身を包み、首から橙色の手ぬぐいをかけている。

野球とかいう遊戯の練習だ。球を棒で打ち、点数をとりあって競う。

傑には理解できないが、後宮の妃たちはみんな野球に興じている。淑女の振る舞いではないと憤慨する気持ちもあったが、上級妃たちの流行ならば従うほかない。当の王淑妃も非常に乗り気であった。むしろ、彼女はこの遊戯が好きなのだと思う。

「あ。せ……傑。どうしたでございますか？」

王淑妃は棒を振り回すのをやめ、こちらに笑いかけた。

後ろ暗いところなどなにもない、軽妙な笑い方だ。白い肌をしたたる汗が、灯籠の明かりを反射して黄に輝いている。左目だけ薄《うっす》ら青く色づいた瞳が、しっかりと傑をとらえていた。

「しゃべり方がなっておりません。もっと練習してください」

「はは。すみませんです。使っていないととんと慣れねぇもんで、意識しすぎると余計に駄目になっちまうんでございます」

「しっかりしてください。あなたは王仙仙。王家より後宮へ遣わされた、妃なのです。あなたが王淑妃なのです。わかりますね」

傑はできるだけ声に抑揚をつけず、目の前の妃に言い聞かせた。王淑妃は棒を肩にかけ、回廊に立った傑を見あげる。

「はいですよ。大宴の試合、傑も楽しみにしてください。勝ってみせるございます」

「楽しみなどと……しかし、正式な後宮での催しです。勝ち負けがつくのですから、勝って当然です。その勝利を讃える彫像を水仙殿に作るのです」

「あいかわらず、言うことが大げさだってんですよ」

「祝い事にはお金を使うものです。惜しんではなりません。延州に記念碑も建てるのです。後世へ記録を残さなければ。そうやって、受け継いでいくのです」

「好きにしてくだせぇ」

王淑妃は回廊の手すりに触れる。そうかと思えば、まるで鳥が飛び立つかのような軽やかさで、庭からあがってきた。手すりの上に立って笑う姿は、後宮の上級妃とは思えない。

傑は顔をしかめた。

「王淑妃」

「傑、大宴は留守番してるございますよ」

「……え？」

「ちゃんと勝ってくるから、安心するでございます。大宴は人が多いから、傑はここにいたほうがいいのでございます。ちゃんと、勝ったらお知らせするので、安心しろございます」

考えてもいなかった。

たしかに、大宴は後宮の妃だけではなく、皇帝や皇城の官吏も出入りする。警護の人数も増えるが、そのぶん、働き手も増えるだろう。普段は後宮に入らない者もたくさん来る。

「わかりました……王淑妃。遼昭儀にも、充分にご注意を」

「わかっていますございますよ」

傑が答えると、王淑妃は歯を見せて笑った。

ああ、そんなの淑女の笑い方ではありませんよ。はしたないです。もっと、上品に振る舞ってください。

なんとなく、言葉が出てこなかった。

中継ぎ　大阪マダム、勝負する！

一

来《きた》る大宴当日。

えー、本日はお日柄もよろしく。芙蓉虎団 対 桂花燕団の試合にお越しくださり、まことにありがとうございます。司会進行、実況、解説は、わたくし鴻蓮華でお送りしまーす！

と、言いたいところだが、実は進行役は蓮華ではない。試合を行わない夏雪に一任していた。

それにしても。と、蓮華は辺りを見回す。

甲子園球場と名づけたグラウンドは急ごしらえではあったが、満員の観客が入ると壮観だ。

内野指定席には皇城の官吏や貴族たちが並んでいる。雛壇の並びにした客席は、グラウンドが見やすいと、まずまず好評のようだ。外野自由席には、妃や侍女、女官や下働きといった後宮の女たちがいた。身分関係なく入り乱れている様が、皇城の人間たちには新鮮なようだ。

妃たちは内野指定席に入ってもらう予定だったのだが……「鴻徳妃の本塁打狙いですので！」などと押し切られてしまった。グローブを構え、ホームランボールを待つ妃が多い。内野席と外野席の間には、アルプススタンドを設けており、各球団の応援団がいる。

さらに、内野席の一段高い場所には、特別席が作ってある。

「秀蘭様ー！　主上さーん！」

特別席に座った秀蘭と天明の姿を見て、蓮華は思わず両手をふった。

すると、気づいた秀蘭が手に持っていた旗を掲げてくれる。芙蓉虎団の応援旗だ。秀蘭は、よく試合を観戦しており、すっかり芙蓉ファンだった。MVPを選んでもらったこともある。

一方の天明は蓮華を無視するように顔をそらしていた。恥ずかしいんやろか。

「蓮華――ん。鴻徳妃、主上との仲を見せつけるのをやめて、早く練習をするのです！」

進行役の夏雪から注意を受けてしまった。

電気は使えないが、一人だけメガホンで叫んでいるので、声はよく届く。貴族には声を張りあげて話す習慣がないので、メガホンでも充分聞こえるのだ。もともと、夏雪は歌や舞踊が得意で、声のとおりも非常にいい。

試合の進行だけではなく、野球に不慣れな人々のために実況と解説もする。

「はーい。ごめんなー！」

蓮華は遊びもほどほどに、手の中でもてあそんでいた球を打者へ投げる。投球は捕手のミットへと吸い込まれていく。

ほかの選手たちも出てきてキャッチボールをはじめた。これは、どのような選手が活躍するか、顔を見せる効果もある公式練習だ。試合がはじまるまでの時間を、こうやって楽しんでもらう。

球場での野球は競技だが、興行でもある。進行や球場施設には、様々な工夫がしてあった。

観客を楽しませてこそ。

たとえば、飲み物の配布。

ミックスジュースや酒類、おつまみ、お菓子を売り子に配らせていた。今回はお金がとれないので、すべてサービスだ。しかし、観客は売り子が来たタイミングで好きなものを頼むというシステムを堪能できる。みんな喜んでいる姿がグラウンドからも確認できた。

メインのおつまみは、コスパ最強の粉もんだ。まだ後宮にしか普及していないお好み焼きやたこ焼きは、皇城の官吏たちには珍しい。

さらに、大宴の場で初お披露目したのは数量限定のスイーツ……窯でじっくりと焼きあげた、ぷるぷるのチーズケーキだ。

大人味のレーズンがアクセントになっており、こちらは外野席の妃たちに人気で、簡易屋台に列が見えた。もちろん、ケーキの中央には、にっこり笑ったおじさんの焼印入りだ。

なんちゃって某おじさんのチーズケーキである。蓮華としては、もうちょっと顔が似ていてほしいが、調整する時間がなく、絶妙に似ていない焼印だ。そのせいで、なぜかケーキは「凰朔真駄武《まだむ》の華絵貫《けえき》」などと呼ばれている。ちゃう！　それ！　おじさんや！　おばさんやない！

このように、球場サービスも万全である。

野球観戦の醍醐味《だいごみ》は試合内容ばかりではない。どれだけリピーターを増やせるのか、パフォーマンスも重要なのだ。これが受け入れられれば、野球を凰朔の国民的スポーツにする足がかりとなるだろう。

正直な話、まだコ・リーグも正式開催していないし、野球の腕前もプロにはほど遠い。指導者が蓮華しかおらず、全体の技術も未熟なので仕方がなかった。

今は、見目麗しい乙女たちが本気でスポーツをするのを観戦するというのが売り文句になってしまう。試合内容も手は抜かないが、興行の工夫は怠れない。

「蓮華様、がんばりましょうね！」

芙蓉虎団の公式練習中に声をかけてきたのは、星霞であった。

幼さの残った可愛らしい顔に満面の笑みを作って手をふっている。縞柄のユニフォームも、とても似合っていた。

否応《いやおう》なしに、遼博宇の顔が頭に過《よぎ》る。しかし、それはそれ。これはこれ。星霞は星霞なのだ。父親の呪縛から逃れて、野球をしたいと星霞は語っている。蓮華はその気持ちを尊重したい。

星霞はいい選手だ。なにより、待望の長打者だった。芙蓉虎団の得点源になっていく存在だろう。チームメイトも、彼女の活躍を認めている。

「せやな。気張っていくでー！」

蓮華は星霞への返答とともに、チーム全員に聞こえるよう叫んだ。蓮華の呼びかけに、みんなも応じてくれる。外野にいる朱燐だけは顔が見えにくかったが、あまり反応がよくないように思えた。

芙蓉虎団の公式練習が終わると、次は桂花燕団に交代する。桂花燕団の青いユニフォームを着た面々が、入れ替わるようにグラウンドへ入った。

王淑妃の姿もある。首から橙色の手ぬぐいをさげ、堂々とした態度で走っていた。背中に三番をつけ、誇らしげだ。

「…………」

王淑妃が星霞とすれちがう。

その瞬間、王淑妃の視線が険しくなるのを感じた。いつもの、変に誤魔化すようなぎこちない愛想笑いではない。

明確な警戒心、いや、敵意。

王淑妃は星霞の行いを知っていてもおかしくはない。皇帝と手を結んだ王家の敵は、遼家である。

せやけど、あの様子……まるで、喧嘩でも吹っかけそうな雰囲気やわ……。

政敵の娘をただ警戒している妃の顔ではない。蓮華はそう直感してしまった。

王淑妃の練習は劉貴妃によって秘されており、接触もできなかった。未だに、王淑妃は謎に包まれている。

蓮華はじっくりと観察しようと目を凝らす。せめて、プレイスタイルは確認しなければ。

「蓮華様、蓮華様」

けれども、ベンチへ帰ると星霞がにこにこと話しかけてくる。蓮華はつい王淑妃から目を離した。

星霞は無邪気な態度で、荷物から瓶を取り出していた。

「私も蓮華様に教わったお料理をしてみましたの。上手くできているか、味を見てくださらない？」

瓶詰めされているのは、桃のジャムだ。果実と砂糖を煮詰めればいいと教え、そのとおりにしたようだ。甘くて香《かぐわ》しい桃が食欲をそそる。

「上手くできとるやないの。星霞」

「食べてみてくださらない？　甘いものは、運動の合間に摂《と》るとよいのでしょう？　せっかく、私が作りましたので」

たしかに、糖分チャージにいいレシピとして配ったものだ。ほかにも、実践している者は多い。

だが、蓮華はすぐに星霞の桃ジャムに手をつけようとは思えなかった。


——恐ろしくはないのかと聞いている。

天明の顔がふわっと頭に浮かんできた。率直に怖いという気持ちではなく、天明の心配する顔が思い出されたのは、ちょっと不思議な気分だ。

「鴻徳妃、毒味いたします」

気づいた朱燐が毒味を申し出てくれる。

けれども、蓮華は朱燐に掌《てのひら》を突きつけた。

「ええよ。いただくわ」

こんなところで、毒など盛らない。このジャムに毒を仕込めば、以前のように下手な言い逃れなんてできないのだ。衛士もたくさん入っており、逃げ果《おお》せるのは無理だろう。

むしろ、人が多いのを逆手に、わけのわからない刺客を送り込んだほうがいい。星霞本人が、毒入りの手料理を蓮華に食べさせる必要は限りなくゼロだ。

蓮華は一緒に渡されたお匙《さじ》を使って、桃のジャムを一口食べる。桃の果肉感が残りつつ、甘さが増していた。疲れた身体に染み渡る美味しさだ。

「うん、めっちゃ美味しい！　最高やわ。料理の才能もあるんとちゃう？」

蓮華がニパッと笑うと、朱燐がほっとしたのが伝わる。

「ありがとうございます、蓮華様。私のお料理は、食べていただけないのではないかと、不安でした」

星霞は、朱燐とは別の意味で安堵《あんど》していた。子供のような顔を嬉しそうに赤らめて、桃ジャムの瓶を愛《いと》しそうに抱く。

「また……褒めていただける特技が増えました。蓮華様、今日はがんばりましょうね。私、精一杯お役に立ちます。私を褒めてくださる蓮華様のお役に立ちたいのです！　蓮華様のために、本塁打を捧げます！」

星霞の目はきらきらとしていた。心の底から嬉しくて、楽しい。そう訴えている。だから、蓮華も自然な表情を返せた。芙蓉虎団が、彼女の居場所になって本当によかったと思う。

「おっと、それはそうと……！」

星霞のことはよかったと思いつつ、今、大事なのは試合だ。この公式練習の機会に、王淑妃のプレイを見ておかねば。

蓮華はグラウンドに視線を戻した。

桂花燕団の青いユニフォームの中から、王淑妃を見つける。背は低いが、橙色の手ぬぐいを首にかけているので、すぐわかる。

動きが……重い？

蓮華は思わず眉根を寄せた。王淑妃のキャッチボールのフォームはとても綺麗だ。やはり、前世で野球をしていた人間だろう。むしろ、蓮華よりも癖がなく、基本がしっかりとできている。ポジションはキャッチボールの立ち位置から、三塁手《サード》か。投手ではなさそうだ。

だが、その動きは想像よりも重かった。というより、ぎこちない。なんとなく、機械的に見えた。なんでやろう。

結局、蓮華の違和感は拭えないまま桂花燕団の練習が終わる。

「それでは、ただいまより芙蓉虎団 対 桂花燕団の試合をはじめます。司会進行、実況、解説は、僭越《せんえつ》ながらわたくし、陳夏雪が行います。どうぞ、よろしくおねがいします」

まったく緊張していない夏雪の声が球場に響く。さすがに、淀《よど》みない。

「では、出場選手の発表をいたします」

夏雪により、先発出場選手《スタメン》が発表されていき……蓮華は気づいた。

王淑妃は強打者だ。

桂花燕団の四番に名を連ねている。一般的に三番、四番の打順には強打者を置く。とくに四番は打者の花形である。

ちなみに、大宴の試合は一応、芙蓉虎団の主催試合だ。表が桂花燕団で、裏が芙蓉虎団になる。主催側が後攻なのは、プロ野球の慣例だ。後攻だと、逆転サヨナラ勝ちができるので盛りあがる。

一列に並んであいさつを交わしたあと、芙蓉虎団はそれぞれの守備ポジションについた。

投手の蓮華はグラウンドのど真ん中、マウンドに立つ。

「な……なんや……？」

しかし、蓮華は打席《バッターボックス》ではなく、相手ベンチの光景に目を剝いた。

王淑妃が上衣を脱ぎはじめたのだ。もちろん、素肌を晒しているわけではない。きちんと下にも衣を着ていた。いや、問題はそこではない。

「なんやねん、あれ！」

思わず大声でツッコミを入れる。

それが聞こえたのか、ベンチで足を組んでいた監督の劉貴妃が優美に笑った。

王淑妃が衣の下に装着していたのは……上半身の筋力を増強するための、バネ。おそらく、竹製だろう。

「大リーグボール養成ギプス……やと……！」

巨人の星かいっ！

蓮華は懐かしの昭和漫画ネタに、ズッコケそうになる。が、踏みとどまった。吉本新喜劇みたいにすっ転びたい気持ちをおさえた。

王淑妃は強い弾力を持つギプスを外していく。ついでに、手首と足首に装着していた重りも投げ捨てた。

バトル漫画でよく見るシチュエーションや。「さて、本気出しますか」とか言うパターンやな。

蓮華も筋力増強には力を入れていた。しかしながら、あそこまでは……王淑妃、そして劉貴妃……やる気や。

桂花燕団の本気を感じ、蓮華は固唾《かたず》を呑んだ。

二

大宴とは、後宮において皇帝をもてなす催しの一つだ。宴であり、祭事だった。すべては皇帝のために執り行われる。

「俺は棄却したのに……」

だのに、当の皇帝が大宴の席で頭を抱えているとは、誰も思わない。

だが、この場には天明と秀蘭の二人以外は近しい従者しか立ち入らないため、この状況を知る者はほぼいなかった。甲子園球場とか名づけられた競技場の特別席だ。ほかの観客席よりも高い二階部分に作られ、全体を隈《くま》なく見渡せる。

「天明。見ていてください。鴻徳妃の投球は、とても綺麗でしょう？」

「どうでもいい。なにが楽しいのだか……」

「朱燐はね、足が速いのです。盗塁という技が得意なのだと、手紙をもらいました。

ほら、さっき塁から塁へ走っていたでしょう？　きっと、英六武威妃《えむぶいぴー》は朱燐ですね」

「英六武威妃……？」

「一番勝利に貢献した選手を讃える称号ですって。試合ごとに選ぶそうよ。私も、以前の試合で選ぶ役目をいただいたのです。どの娘が活躍しているか見て、あなたも選んであげなさい」

秀蘭は大宴の前から野球に執心していた。部屋に応援旗を飾り、試合にもよく出向いているらしい。

「わからんものは、選べぬ……」

「柳瑠《るーる》なら、教えますから」

「いらん」

とはいえ、目の前で競技が行われていれば嫌でも視界に入る。

天明はぼんやりと、蓮華が球を投げる姿を見つめてしまう。甲高い声の実況も、耳にすんなりと入りこんできた。

なるほど。両者は交互に攻撃して、得点を競う。攻撃を止めるため、守備側は悪得徒《あうと》なるものを三回とればいいのか。攻守の行うことがはっきりしている。

野球の約束がわからない天明にも、理解できる解説がされていた。これなら、存外簡単におぼえられる。すでに五回裏なので、見ているうちに感覚で理解してきた。

否、いかん。おぼえてどうするのだ。

「…………」

天明の顔を、秀蘭が楽しげに観察していることに気がついた。手には、芙蓉虎団を応援するための棒を二本持っている。得点が入りそうになると、この棒を叩き、音を鳴らして応援するらしい。

「応援しましょう、芙蓉虎団」

「く……せぬ」

「では、賭けをしませんか。観戦が面白くなりますよ」

勝敗を賭けに使うのか。

本当は試合がはじまる前に賭けたほうがいいのだろうが……試合は素人の天明が見ても拮抗《きっこう》していた。

蓮華を中心とした守りの芙蓉虎団に、対する桂花燕団は王淑妃が主砲の攻撃型だ。

今、五回裏まで試合が進んでいるが、得点は四対四となっている。

とくに、王淑妃が放つ本塁打には、さすがの天明も驚かされた。王淑妃が把兎《ばっと》をふった瞬間、減目戸《へるめっと》が飛んでいく豪快さが好ましい……駄目だ。すでに用語をおぼえてしまった！

とにかく、ここからの試合運びは誰にも予想できないものとなっている。観客の中にも、賭けをはじめた連中がいるにちがいない。

「私は芙蓉虎団に賭けます。勝ったら……そうね。また母上と呼んでください。小さいときみたいに」

天明が返事をせぬ間に、秀蘭は賭けをはじめてしまう。その身勝手さにも、内容にも、天明は返す言葉を失った。

「…………」

どうしてこうも……俺の周りにいる女は強引なのだ。

「……では、俺は桂花燕団に賭けよう。勝てば……その旗を押しつけてくるのは、やめてもらう。鬱陶しい」

ささやかな賭け事だ。

負けても損にはならないが、勝っても得はない。国の為政者としては、とるにたらない些事《さじ》である。

ただぎこちなかった母子《おやこ》の溝が埋まっていく感覚と、勝敗への興味を生んだ。

❀　❀　❀

王淑妃を勧誘して、正解でした。

ほくそ笑みながら足を組みかえるのは、桂花燕団の監督たる劉貴妃だ。優雅に扇で口元を隠し、芙蓉虎団の投手をにらむ。唇は笑んでいるが、決して視線は笑っていない。

「申し訳ありません、鴻徳妃。本日、勝つのはあたくしです」

大宴の試合がはじまり、すでに七回表。

現在、五対五と肉薄している。

この日のために、劉貴妃は自分の球団を育ててきたのだ。しかし、野球の技術に関する指導は蓮華頼りになってしまう。劉貴妃にできることと言えば、選手たちの基礎体力の向上と、宿敵である芙蓉虎団の情報収集。地道な日々だった。

芙蓉虎団の情報収集と分析は、ずっと行ってきた。まずは敵を知ること。これは戦いでの基本である。

選手一人ひとりの特性と癖、そして、蓮華がとる采配の傾向。それらを総合すれば、ある程度の戦略は読め、対策できる。足りなかったのは、桂花燕団の突破力だった。

勧誘した王淑妃が非常に優れた打者だったのは儲けものだ。これをもって、虎を下せという天啓だろう。虎視眈々とじっくり球団を育てるつもりであったが……この大宴の舞台で牙を剝くべきだと踏み切った。

劉家は凰朔切っての将軍の家系である。現在の当主、劉清藍は兄だ。

勝負どころの見極めには自信があった。

とはいえ、劉貴妃自身、後宮での地位や皇帝への興味は薄い。後宮へ入ったのも、男を選《よ》り好みして一向に結婚しようとしないため、実家から追い出された形であった。だって、つまらないんだもの。

武家でありながら、女だからと剣も持たせてくれない。自分には才能があるなどと烏滸《おこ》がましい主張はしなかったが、やらせてもらえないのは退屈だ。そのような価値観を押しつける男と結婚するのも面白くない。まだ皇帝のお飾りとして後宮で侍るほうが、いくらか楽しいように思えた。

結果的に、後宮へ来てよかったと確信している。

鴻蓮華という妃は非常に魅力的だ。最初の茶会で、「彼女は絶対に退屈しない女だ」と直感した。思ったとおり、蓮華が牽引《けんいん》する後宮の生活は楽しくなった。

倒すなら、この妃にしよう。

勝負はなんでもよかった。時間はかかるけれど、野球が一番やりがいがあると判断しただけだ。

もちろん、練習試合などで何度か勝ちはしたが、それでは駄目である。公式の大舞台で下してこそ、意味があった。後宮利伊具《りーぐ》が設立されれば、優勝だって狙いたい。

面白いんだもの。

鴻蓮華という妃も、野球という競技も、劉貴妃は心底好ましいと思っていた。高揚感が止まらず、血がわき立つ。面白い事柄が好き、という性《さが》には抗《あらが》えなかった。

「王淑妃、頼みますよ」

打席に立つ準備をするのは王淑妃。

劉貴妃は切り札に極上の笑みを向けた。彼女を隠し玉とするために、蓮華への情報を遮断するなど手を講じたのだ。

すでに、三回表に二得点の本塁打を放ち、最高の活躍をしている。現在、走者は二塁。ここで王淑妃が安打を打てば、得点が入るだろう。

「わかってますです」

王淑妃はぎこちないしゃべり方だが、しっかりと劉貴妃に応える。べつに、それを無作法だとか礼儀知らずだとか、責めるほど劉貴妃は狭量ではない。肝心なのは、勝ちである。まちがえてはならない。

王淑妃ほどの選手なら、そのうち自分の球団を持つだろう。いつまでも桂花燕団に所属してくれない。慣れたら独立するはずだ。

つまり、次の機会には敵となっている。

「巨人阪神戦での天覧試合。ジャイアンツが勝ってこそ、でございますよ」

「宰庵通《じゃいあんつ》？　燕団《すわろーず》ではなくて？」

「あ……ああ、そ、そうでしたですね」

蓮華もそうだが、王淑妃も、ときどき耳慣れない言葉を使う。野球という競技も、凰朔ではまったく馴染みがないはずなのに、二人ともよく知っていた。

どことなく、不思議な共通点が多い。

面白い方々……劉貴妃は、また楽しみが増えるような気がした。

❀ ❀ ❀

あかん。思ってたよりも、手こずってしもた……！

蓮華は想像以上の苦境に、天を仰いだ。

大宴での野球がはじまり、すでに九回の表。

なんとも情けないが、得点は六対七で、芙蓉虎団が一点負けていた。

認めたくはないけれど、どうやら投手としての蓮華は王淑妃が苦手らしい。本当に認めたくないが、事実だ。本日、二本も本塁打を許してしまった。そのせいで、今チームは押されている。

これまでの芙蓉虎団は蓮華を投手に据えた守りのチーム。そもそも打たせないことで守備を成り立たせてきた。

しかし、劉貴妃の采配は的確だ。送りバントで塁を進め、本命の強打者に繋いで得点していく。堅実な作戦であった。

ベンチでほくそ笑む劉貴妃の顔が、蓮華の立つピッチャーマウンドからよく見える。

劉貴妃は本気で勝ちに来ていた。

普段から負けず嫌い丸出しの夏雪よりも、たちが悪い。あれは勝負師、いや、野心家だ。野球だからいいが、まともにドロドロの陰謀劇を演じれば、正一品の中で一番強いかもしれない。劉貴妃は、そういう性質《たち》の妃だ。

マウンドから、蓮華は甲子園球場を見渡した。

大接戦の成果があり、球場は盛りあがっている。最初は大人しく振る舞っていた官吏たちも、声援を飛ばすようになった。酒類や菓子の配布も好調だと報告を受けている。某おじさんのパチモン「凰朔真駄武の華絵貴」は売り切れたらしい。

興行としては大成功だ。

これだけ盛りあがれば、コ・リーグの設立は容易《たやす》い。市街地への球場建設案も通過するだろう。各選手にもファンのようなものがついている。大げさなパフォーマンスをし、本塁打を打つ王淑妃の人気が高そうだが……。

芙蓉虎団の注目は足の速い朱燐だった。この試合だけで二度も盗塁を決めている。

無視できない活躍だ。そのためか、貧民層の出身であるはずの朱燐にも、たくさんの声援が送られていた。

朱燐は天明や秀蘭が目指す、階級制度の緩和の足がかりとなれるかもしれない。

蓮華の目的は完全に果たされた。

「せやけど……勝ちたいねん！」

そう。蓮華の目標は達成し、大宴の催しとしては勝ちだ。

だが、試合にも勝ちたい。皇帝の御前で行われる試合だ。勝って、完全勝利をおさめたい！

蓮華は指先で球の感触をたしかめる。一回からずっと投げているので、ずいぶんと疲労がたまっていた。相性の問題もあり、交代も考えたが……ほかの投手は、王淑妃を止められるほど育っていない。

九回の表、得点は六対七。

なんとか二《ツー》アウトをとったが、走者が一塁にいる。予断を許さぬ状況だ。そして、よくないことに……次の打順は四番、王淑妃であった。

「一点もとらせられん」

蓮華は打席に立った王淑妃をにらみつける。

すると、王淑妃も応えるように口角をあげた。そもそも、王淑妃のプレイがイラチやねん。

敢《あ》えて、小さめのヘルメットを被り、フルスイングしたとき吹っ飛びやすくなる工夫をしている。三塁に飛んできた緩いゴロ球だって、わざわざ全力疾走で受け、大げさに見せていた。

そういうプレイは、観客受けがいい。単純に見栄えするのだ。興行としては正解なので蓮華も黙っているが、言わずもがな巨人の背番号三番、長嶋茂雄の現役時代のプレイを真似ているとしか思えない。これで前世を誤魔化すのもいい加減にせぇよという話である。

「させへんで……」

蓮華は打席で構える王淑妃に集中した。

高めの球は駄目だ。何本も打たれた、王淑妃の得意なコースだった。低めの投球を心がけねばならない。とはいえ、蓮華は疲れてくると投球が高めになりがちだ。

素直にストライク三つとって、アウトにしたいが……なかなかさせてはくれないだろう。悔しいけど。

「いくで……！」

大きくふりかぶって——投げる。

蓮華の投球はまっすぐ、内角低めをとらえた。

フルスイングしたバットが空を切る音が響く。しかし、豪快にふられたバットは投球を打ち返さなかった。空振りだ。

ちっ、と聞こえた。

王淑妃の舌打ちだ。いつもそばにいる、キツめの侍女がいないので、多少言動が自由なのかもしれない。

それにしても、ガラ悪ぅー！

「ちょっと！　蓮華、いえ、鴻徳妃！　がんばるのですよ！」

実況役の夏雪がメガホンで叫んでいる。もはや実況でも解説でもなく、ただの応援……なんか、元気出た！

「蓮華ぁあ！　さすがは！　我が娘！　目立っておるぞ！」

一塁側の内野自由席からめっちゃデカい声で叫んでいるのは、鴻家のお父ちゃんや。鴻柳嗣《りゅうし》。娘が出世したので、最近、皇城へあがっている。とにかく派手好きなので、この試合も気に入ってくれたらしい。後宮へ行けと命じられたときは怨《うら》みもしたが、結局、蓮華は上手くいってしまっているので、慧眼《けいがん》であったと言える。ちゃっかり自分も出世しており、一番の勝ち組だろう。

外野がうるさい……でも、そのほうが燃える。ほんまは阪神戦の野次くらい汚くて強烈なのがちょうどいいけど。

「いっっくでぇぇえ！」

蓮華は友や親の声援を背に、投球を放つ。

球は指先を離れ、高速回転しながら進んだ。

ストライクゾーンのど真ん中を目がけて飛んで行くと見せかけて、手前で落ちる。

蓮華の決め球、スライダーだ。これで勝負や!

カキンッ、と。音が響き渡った。

蓮華が放った渾身《こんしん》の球は、王淑妃のふったバットに当たってしまう。

が、蓮華の目から火は消えない。

「いっけぇぇぇええ!」

王淑妃は強力な打者だ。三振にするのはむずかしい。

では、打たせてとればいい。

決して、バットの芯に球を当てさせないこと。ストレートで勝負の場合は、球速が必要になる。蓮華の投球はせいぜいがんばっても時速一〇〇キロ程度なので威力が物足りないのだ。変化球で回転をかけ、積極的に軸をズラしていった。

蓮華の計算どおり、王淑妃の打球は高く打ちあがらない。まっすぐ、弾丸のように投手の真上を通過する。

蓮華は慌てて手を伸ばすが、ぎりぎり届かなかった。

「あかん!」

一塁の走者が走り出していた。外野がとれなければ、最悪、安打となる。本塁打は避けられたが、ここでアウトがとりたい。

プロの野球選手なら、もっと上背もあって守備練習も行き届いている。芙蓉虎団は強いとは言っても、まだ野球をはじめて一年以内の面子ばかりだ。

こんなに速い打球をアウトには——。

「はあっ！」

外野手。センターから、前に飛び出したのは朱燐であった。

朱燐は持ち前の駿足《しゅんそく》を活かして、懸命に細い手足を伸ばす。バウンドしようと落下する球に食らいつき……追いついた！　ここで朱燐がとれば、アウトだ。

ずさーっと、やわらかい土の上を滑りながら、朱燐が倒れ込む。

砂埃《すなぼこり》が舞いあがり、朱燐の姿が霞《かす》んだ。

一同が固唾を呑む。

球はとれたのか、落としたのか。

「く……」

ほどなくして、朱燐がグローブを持ちあげた。

しっかりと球がおさまっている。

「アウトー！　三《スリー》アウト！　芙蓉虎団、朱燐選手の破印富麗《ふぁいんぷれい》です！」

夏雪の実況が響き、攻守交代が告げられる。

九回の表を、なんとか守り切った。

「朱燐ー!」

蓮華は嬉しくなって、思わず朱燐に駆け寄っていく。まだ試合は終わっていない。でも、嬉しいもんは嬉しいねん!

朱燐はゆっくりと身体を起こした。見事なダイブを決めたので、ユニフォームがドロドロだ。だがそれも、彼女のファインプレイの勲章に思えた。

「鴻徳妃、とりました……!」

「せやな、せやな! ようやったわ! でも、結構危ない飛び込みやったから、気をつけるんやで。身体が資本や」

蓮華は朱燐を立ちあがらせ、ユニフォームの泥を払う。目立った擦り傷などはないらしい。グラウンドの土は、できるだけやわらかくて水はけがいいものを選んだ。

「痛いところはあらへん? あかんかったら、交代おるから」

「ええ……だ、大丈夫です。朱燐めは鴻徳妃から授かった外野手という役割をまっとうしただけです! とれる球だと思いましたので、飛び込みました!」

「せやったら、ええわ。最後の攻撃、がんばろうな。次、打順回ってくるで」

「……はい!」

蓮華はそのとき興奮しすぎて、朱燐の反応が遅かったことに気がついていなかった。

❀ ❀ ❀

大宴での試合は好評のようだ。と、颯馬は評価した。

とくに、口では「面白い」とは言わないが、いつのまにか姿勢が前のめりになる主の姿を見ているのは微笑ましい。

颯馬は自分の口元が緩んでいるのだと自覚した。

あまり感情の表現が得意ではない。生まれた境遇や幼少期の生活のせいである。けれども、近ごろは時折、自然とこういう顔になれた。

「主上、鴻徳妃の応援はなされないのですか？」

差し出がましいとわかっていながら、颯馬はあえて天明に問う。

天明は、はたと目を見開いたあと、露骨に嫌がる素振りを見せた。おおむね、颯馬の予測どおりの反応である。

「賭けをしている。俺は劉貴妃に賭けたのだ」

「左様ですか。お楽しみのようで、安心しました」

「楽しくなど……おい、打ったのに攻撃が終わったぞ」

桂花燕団の攻撃回が終わったので、天明が苛立ってしまう。

「悪得徒《あうと》をとられたのですね。朱燐のお手柄のようです。打たれた球が地面へつく前に捕られたのです」

「なぜ、お前のほうが詳しいんだ……」

「不肖ながら、私も鴻徳妃の応援をしておりますので」

「お前は、蓮華に甘い」

「ならば、主上も甘やかして差しあげればいいのです」

以前ならしない言い方だったが、天明はなにも言い返してこなかった。口を曲げているが、本気で怒っているわけではない。

秀蘭ではないが……昔と変わっていなかった。素直ではないが、偏屈でもない。

「主上、なにかいただいて参りましょうか」

天明の皿が空っぽになっている。さきほど、お好み焼きを持ってきたが、もう完食したようだ。

このあと、酒席があるので食べすぎはよくないが、こうやって天明が他人の作った料理を食べているのが好ましくて、颯馬はつい聞いてしまう。

「頼む」

天明は試合に集中しているのか、話半分で返事をした。楽しいなら、楽しいと言えばいいものを。

しかし、そういう気質の天明のほうが「それらしい」と思えた。元来の彼は、こういう性分なのだ。

颯馬は承知して、席を離れる。

球場のあちらこちらに、売り子が歩いて食べ物を勧めていた。だが、仮にも皇帝の食すもの。配慮して、皇帝には専用の厨房《ちゆうぼう》が設けられている。屋台と呼ぶらしい。颯馬はそこへ天明の分のお好み焼きを注文する。

特別席は一段高い位置に作られているので、ながめは非常にいい。けれども、そこからおりた客席は、より競技の様子を近くで見物できる仕組みだ。

臨場感や熱気は、下の席のほうが感じられる。天明をこちらへ連れてくるわけにはいかないので、これは主よりも得をした気分になれた。

専用屋台で調理をしてもらう間、颯馬は試合を見物する。

九回の裏、芙蓉虎団の攻撃だ。

ここで点数が入らなければ、桂花燕団の勝ちで終わるだろう。どちらが勝つにしろ観客は満足しているし、天明も楽しそうなので、大宴は成功である。

ふと、観客席に目線を落とす。

普段はこのような遊戯に興味がない高官や貴族たちも、各々楽しんでいるのがわかる。その中で目を引いたのは、もちろん、娘を大声で応援する目立ちたがり屋の鴻柳嗣だろうが……颯馬の視線はほかに注がれた。

遼博宇だ。

彼の娘、遼星霞も競技で活躍している。今、一番打者の朱燐が塁に出て、このまま順当にいけば星霞の打順が回ってくるだろう。

それなのに、遼博宇の表情は変わっていなかった。いつもの、なにを考えているのかよくわからない笑みを浮かべたままである。

不気味だ。なんの感情も動いていないような気がした。

表情の乏しさに関して、颯馬は他者のことを言えない。しかしながら、遼博宇のそれはまったく異質に思えたのだ。

通天楼での問答を思い出す。

あの思想は、凰朔の貴族なら当然の考えである。支配階級の意識を変えるというのは、並大抵ではない。そんな誰も行わなかった改革に、天明は挑もうとしている。

もしも、最黎皇子が即位したなら……否だろう。天明と同じ策はとらない。

天明は、あえて最黎がやらないであろう政策をとろうとしている。そうするのが、自分が即位した理由であると、意味づけているようだ。根の優しさや、お人好しの蓮華との関わりも大きいかもしれないが……。

「…………」

試合が白熱しているというのに、こちらに視線を向ける者がいた。

遼博宇の隣に座っている青年だ。たしか、遼紫耀《しよう》、遼家の養子である。遼博宇の傍らに、いつもつきそっていた。遼博宇が職務をまかせる姿は見たことがなく、颯馬もどのような男なのか、よく知らない。

紫耀の視線は一瞬颯馬をとらえただけで、再び試合に戻っていく。遼博宇となにか話している様子もない。

「えらいお待たせしました！　主上専用、特盛り三久須《みつくす》お好み焼きでございます！　おおきに！」

待っている颯馬のもとに、注文の品が届く。

蓮華のような口調なので二度見したが、彼女の侍女――陽珊だった。皇帝専用屋台なので、蓮華曰《いわ》く「焼くのが上手な人選」らしい。

「ありがとうございます。主上も喜びます」

「そんな上手いこと言っても、なんも出ませんからね！」

満面の笑みで言う陽珊に「鴻徳妃とそっくりになりましたね」と伝えると、きっと気分を害するのだろう。

あえて、なにも告げず特別席へ帰っていく颯馬なのだった。

三

さあて、いくでいくで。

反撃の九回裏。

蓮華率いる芙蓉虎団は、一丸となって勝利を狙う。

朱燐の活躍で六対七のまま、得点差は変わっていない。桂花燕団がリードしている。なんとか守り切ったが、ここから逆転するには二点が必要だった。

この回、芙蓉虎団の打順は一番から開始だ。これは都合がいい。打順というものは、一番から順に打つのが最も攻撃しやすいように決められているのだ。

まずは、一番打者の朱燐が順当に安打を放って出塁した。

盗塁を得意とする朱燐が塁に出るというのは、得点の可能性がグンッとあがるということだ。朱燐の出塁は単独のホームランと同義と思ったほうがいい。

けれども、今一塁にいる朱燐と、あと一人が塁に出て得点しなければ逆転できない。

大宴では、催しのあとに皇帝を囲んだ酒席が予定されていた。つまり、スケジュールが詰まっているので、延長戦はできない。九回の裏で同点の場合、この試合は引き分けで終わるのだ。

それは……あまり盛りあがらない。勝敗がついたほうがいいに決まっている。華やぐのだ。引き分けで、みんな仲よく手繋ぎゴールなど、求められていない。

二番打者は三振に終わり、一《ワン》アウト。

巡ってきた打順は、三番打者の蓮華である。

三番と四番を与えられるのは強打者だ。安定して打てるというのもあるが、勝負強さも求められる。

蓮華は、バースみたいな最強の打者……と、言いたいところだが……芙蓉虎団の打線は、今の桂花燕団ほど強くない。残念なことに、バース・掛布《かけふ》・岡田《おかだ》のバックスクリーン三連発大ホームランが再現できるようなチームではないのだ。

蓮華が三番打者なのは、相対的に打てるから。野球をもともと知っているアドバンテージのようなものだ。大谷翔平《おおたにしょうへい》のような二刀流とはほど遠い。

それでも、やれるだけやったる！　神様、仏様、バース様や！

強い気持ちで、蓮華は打席に立った。

桂花燕団の捕手は劉貴妃だ。キャッチャーマスクの下で、どのような表情をしているのかわからない。けれども、蓮華に対する闘志は感じた。勝ちに来る気だ。

桂花燕団の投手は、投球は速くない。せいぜい、最高で時速九〇キロくらいだ。代わりに、変化球の持ち球が多いので要注意だった。

投手が投球の動作に入った。大きく腕をふりかぶり――来た！

会場が「わっ！」とわき立つ。

同時に、なにが起きたか気がついた劉貴妃が、慌てて二塁に球を投げた。代わりに、

「な……！」

蓮華はガッツポーズした。

一塁にいた朱燐が盗塁したのだ。

球よりも先に、朱燐が二塁へ滑り込む。

「出ました！　朱燐選手の盗塁が成功です！　成功です！」

夏雪が実況するが、聞いている者はあまりいない。朱燐の盗塁は本日三回目だ。もうみんなおぼえてしまったのだろう。

プロ野球の試合では、当然、盗塁も警戒されるので、一試合でこんなにたくさん見ることはできない。

だが、桂花燕団も芙蓉虎団も、そこまで成熟したチームではない。盗塁の対策も薄かった。いや、それ以上に朱燐の足が速く、盗塁の才能があるのが大きい。ここぞという判断力も抜群なのだ。

朱燐の活躍は本当に目覚ましい。朱《あか》い彗星《すいせい》。朱燐様々や！

「朱燐、やったなー！」

蓮華は打席から二塁に向かって手をふる。なのに、朱燐は集中しているのか、うつむいたまま手をふり返してこなかった。

そうだ。今は、集中集中！

とまあ、気が抜けたせいだろうか……朱燐が盗塁で活躍してくれたのに、蓮華はあっさり三振してしまった。

嘘やん。聞いてください、神様。うちの出番はこれで終わりです。大宴に向けてめっちゃがんばってきたのに、最後の打席は空振り三振でした。これでサヨナラなんです、神様……もうちょっと……活躍したかった……劉貴妃が鼻で笑うのが聞こえた。

しょぼしょぼとベンチへ帰っていく蓮華と入れ替わりに打席へ入るのは、四番に任命した星霞だった。

「鴻徳妃、必ず私が本塁打を捧げます！　ですから……褒めてくださいね！」

すれちがい様に、星霞は蓮華にそう言った。

とても無邪気な表情だったので、幼顔のせいもあって蓮華はついつい、よしよしと頭をなでる。飴ちゃんは、試合中なのであとであげよう。

「不甲斐ないうちの代わりに、がんばってや」

ほんま不甲斐ない。今日は不甲斐なさすぎて、朱燐や星霞に助けられっぱなしや。

星霞もホームランこそないが、安定して得点に結びつく安打を放っている。四番の活躍として申し分なかった。

「はい！　おまかせください！」

星霞は子犬みたいに従順にうなずいて、打席へ歩いていく。

やっぱ、星霞はええ子やと思う。

毒を盛ったのだって、父親の遼博宇の指示だ。褒められてこなかった環境が彼女を、そんな凶行に走らせたのである。だから……大丈夫。星霞は信じられる。と、思いたかった。

祈るような気持ちで、蓮華は星霞を見守る。

遼博宇は……今日、来ているはずだ。あのビリケンさんは、娘の活躍をどのように見ているのだろう。少しは褒めてあげてほしい。

星霞に送るサインなどない。指示は「打て」のみである。

蓮華はきゅっと唇を引き結んで、拳をにぎる。ああ、掌に汗かいてるわ。

投手の投げる動作と、投球。

そして、星霞のふるバット。

その三者しか、目に入らなかった。

「お……」

カキーンと、いい音がした。

星霞のふったバットは、球のど真ん中をとらえる。跳ね返った打球が、放物線を描きながら遠くへ遠くへ飛んでいった。

打球が伸びる。

伸びて、伸びて、伸びて……！

「入れ！　入れ！」

蓮華は思わず叫んでいた。白球がぐんぐんと伸びて、外野席へと向かっていく。だが、外野手も待ち構えていた。

スタンドに入るか。

手前で落ちるか。

「はいっ……たぁぁぁぁああ！　入りましたわ！　本塁打にございます！」

蓮華より先に叫んだのは、実況の夏雪だった。その声に被さるように、蓮華も「いやったぁぁぁあああ！」と、跳びあがってしまう。

見事なホームランを放った星霞が、喜びながら駆ける。涙まで流していた。よほど緊張していたのだろう。解き放たれた清々《すがすが》しい表情にも思えた。

だが、一方で……朱燐の様子がおかしい。

しばらく二塁のベースにうずくまっていたかと思えば、ゆっくり立ちあがる。そして、足を引きずりながら、のろのろと三塁へ進みはじめた。

「朱燐……！」

この段階になって、蓮華は初めて朱燐の不調に気づいた。

おそらく、九回表で見せたファインプレイが原因で負傷している。

あのとき、蓮華は朱燐の身体をよく観察していなかった。朱燐の「大丈夫」を信じてしまったのだ。

朱燐は秀蘭を慕って命を懸けるような娘である。今は蓮華の侍女として働いているが……彼女は仕える主のために、平気で身をなげうつ。その性格を忘れていたわけではないが、試合に夢中で抜け落ちていた。

足を痛めたあとも、必死で我慢していたのだ。我慢して、無理をして打席に立ったばかりではなく、盗塁までやってのけた。並大抵の根性ではない。

「朱燐、もうええ……」

あとはホームへ還ってくるだけだ。ホームランが出たので、ゆっくりでもいい。しかし、朱燐がホームへ還ってこなければ得点は入らない。

これ以上、朱燐に無理をさせたくなかった。勝ちなんてええ。止めなあかん。

けれども、やめる。

よろよろ歩く朱燐に、星霞が追いついたのだ。

「一緒に還りましょう」

二人のやりとりは聞こえなかったが、そう言っているような気がした。

星霞が肩を貸し、朱燐が支えられながら歩く。ゆっくりと、ゆっくりと、二人は歩きながらホームへ向かっていた。

朱燐を「名なし」と罵っていた星霞が……今は、朱燐に肩を貸しながら、ホームベースを目指している。

その光景に蓮華は息を呑んだ。

「星霞……朱燐……」

だが、見守る観客たちの反応は……なんか思ってたんとちがう。

「なんと感動的な」

「素晴らしい」

もちろん、温かな声援もある。チームメイトが支えあいながら歩く姿に感動する者も多い。

しかし、実際の意見は二分していた。

「あれは名なしの下民だろう？」

「遼家の娘ともあろう子女が……あのような」

朱燐を支えて歩く星霞への批判だ。

さっきまで、試合に夢中だった貴族の観客が、である。「これは、これ。それは、それ」と言わんばかりだ。

野球で活躍したからと言って、朱燐の身分が変わったわけではない。選手としての朱燐と、庶民としての朱燐は別。星霞と朱燐は、同じチームでプレイしていた選手なのに……仕舞いには、大宴を取り仕切る蓮華や鴻家への苦言も聞こえてきた。

同じ競技をしていると言っても、観客たちの中には選手に対する無意識の区別があったのだろう。あるいは、実際に星霞と朱燐が手をとりあう姿を見て、身分の差を思い出したのかもしれない。

後宮の妃たちとは、またちがった価値観だ。後宮では身分の上下も問われるが、位と皇帝の意思がすべてを左右する。その有様が特殊なのだ。枠組みを外せば、宮廷や貴族社会の常識が蔓延《はびこ》っている。

心ない声は少数であったが、次第に広がり、大きくなっていく。このままでは、呑み込まれてしまう。これ、あかん流れや。

「言わせておけば、なんやねん……」

蓮華は悔しくなって、観客席をふり返る。が、実況席に座っていた夏雪が、黙って首を横にふっているのが見えた。彼女もこの状況をよく思っていないが、蓮華に耐えるのを求めている。

あー、もー、腹立つわ。イラチばっかりや。なんで、こないに言われなあかんねん。

ホームに朱燐と星霞が還ってくる。二点入り、芙蓉虎団の勝利だ。蓮華は堪《こら》えきれずに、二人を抱きしめた。

「鴻徳妃、申し訳ありません……」

「なんで、謝んねん。朱燐と星霞のおかげで勝てたんや！」

蓮華は周りの声を耳に入れないように大声で言い聞かせた。それでも、朱燐の表情は晴れない。星霞も、複雑な心境を顔に表している。

そこへ。

「え、よ、予定には……！　い、いいえ。滅相もございません。承知しました」

実況席がうるさい。

夏雪が慌てているようだ。なにがあったんや……ろ!?

「これより」

実況席に座った夏雪からメガホンをとりあげた人物に、蓮華は両目を丸める。

まったく予想外の展開だ。そして、その人物は夏雪よりも大きく、力強い声をあげる。叫んでいるわけではないのに……すごい。その一声で、場はシンと静まってしまった。

「此度の英六武威妃《えむぶいぴー》を告げる」

メガホンに口を当て、天明は朗々と言い放った。特別席から抜け出してきたのだろう。

　MVPの発表など、予定にない。

　しかも、野球に興味なかった主上さんが選ぶん？　ほんまに？

　特別席から秀蘭が嬉しそうに天明を見ていた。メガホンを奪われた夏雪が悔しそうな顔をしている。追ってきた颯馬に表情はないが、なんだか応援しているようだった。

　蓮華も黙って聞くことにする。

「まずは、鴻徳妃。大宴の取り仕切りだけでなく、芙蓉虎団を勝利させる采配は見事であった。敗れてしまったが、劉貴妃、ならびに王淑妃の活躍も素晴らしいものだった」

　天明は功労者を一人ずつ讃えていく。声は大きいがおちついており、そして、本当によく響いた。為政者らしい堂々とした立ち居振る舞いと、妃たちを分け隔てなく評価するという態度がうかがえる……主上さん、実際はあんま妃の顔おぼえてへんけど。

「朱燐」

　天明が朱燐の名を呼んだ途端、周囲のざわめきが伝わった。

　仮にも皇帝が、直接口にする名ではない。そんな空気だ。

「秀蘭……否、母上も褒めていた。その足を誇り、大事にせよ」

　蓮華の腕の中で、朱燐が震える。天明とは芙蓉殿で顔をあわせるが、公の場での賛辞があるとは思っていなかった。頭を深くさげ、「もったいなきお言葉です……」と、返している。

球場の雲行きが変わってきた。

「本日の英六武威妃は……遼昭儀とする。見事な本塁打であった。そして、貴賤《きせん》の隔てなく団結する姿を見せてくれた。これからの凰朔にあるべき姿だと考える」

はっきりと、天明が告げた。

なんで、こないなこと……と、思っていたが、蓮華にも天明の意図がわかってくる。

このままでは、大宴は成功とは言えない空気になっていた。星霞と朱燐を讃美《さんび》する者と、批判する者。二分する雰囲気のまま終わらせるのは、よくない。

野球を国民的スポーツにするという目標達成の障害にもなるが、能力次第で昇進できるという天明の行いたい政治にも影を落としてしまうだろう。

天明の意見を明確にする。それでこの場をおさめるのがベストだと判断したのだ。MVPを貴族の星霞に与えることで、下層民ばかりを贔屓《ひいき》していないというポーズもとっている。あくまでも、能力であるという体裁を保っていた。

おかげで球場の雰囲気は一変する。MVPになった星霞には惜しみない称賛が向けられ、朱燐の活躍にも喝采が送られたのだ。

だが、これで大団円になるほど甘くはない。

さきほどまで批判していた者たちは、天明に「黙らされた」に過ぎないのだ。政治での貴族間の対立関係がここに持ち込まれた形となる。

野球で、階級社会の風通しがよくなればいい。蓮華だってそう思っている。でも、これは望んだ形だろうか。

蓮華は野球を広め、粉もんを流行らせ、後宮を変えていった。それでも、その外側の壁を破るには、まだ足りない。もっと根本的な意識を改める必要があった。

これからだ。

蓮華は立ちはだかった壁の高さに目眩《めまい》がしそうだった。

せやけど、やり甲斐もある。

蓮華が一番やりたいのは商売だが、それ以外にも、がんばりたいものを見つけたような気がする。

もっともっと、みんなが笑える環境を作ろう。そのために、野球でも新喜劇でも、なんだってしてやる。国を治めるのは天明の役目かもしれないが、蓮華にだってできることはあるはずだ。

「はあ……腕が鳴るわ」

けれども。今は、とりあえず……気持ちようなった！　と、思っておこう。

天明のおかげだ。うるさい外野を黙らせて、ちょっとすっきりした。

「主上さんに、あとでお礼言わな……あ」

それは、そうと。

蓮華は慌てて朱燐の足を確認した。左足首が腫れている。骨折ではなさそうだが、捻挫かもしれない。早く処置したほうがいいだろう。

「朱燐、行くで。よっ、と」

「えええ!? 鴻徳妃!?」

蓮華は、ひょいっと朱燐を抱えた。問答無用のお姫様抱っこだ。

朱燐は顔を真っ赤にしながら狼狽えているが、このまま医官のもとへ連れて行くのが一番早い。

「はよ医者見せなあかんやろ?」

「だ、大丈夫です! 一人で行きますので!」

「朱燐の大丈夫は、当てにならへんから。かまへんよ!」

「かまいます!」

文句を言う朱燐を抱えて、蓮華は小走りで球場を出ていく。

あとのことは……まあ、なんとか夏雪が〆といてくれるやろ!

四

試合が終了した。

水仙殿で留守番している侍女と約束した勝利報告はできそうにないが……久々に楽しめたという実感がある。充実した気分だ。

わき立つグラウンドの雰囲気に、王淑妃も思わず歯を見せて笑った。負けは負けだが、悪くない。気持ちがいい。

それに、今日のホームラン王は自分である。個人成績なら、文句なしにトップのはずだ……負け惜しみではない。

「あーあ、負けてしまいましたぁ……」

王淑妃がベンチへ帰ると、劉貴妃が肩を落として項垂れている。彼女もよくやった。

「そう落ち込みなさんな……ですわ」

おおっと、気が緩んでいたか。また敬語が変になっちまう。

綺麗な言葉づかいなど、とんと使う機会がなかった。こちらへ来てからは、とくに。

だから、抜けきらない。

「絶対に勝てると思いましたのに」

しかしながら、この後宮ではあまりおかしな敬語で話しても指摘されない。劉貴妃はいつも王淑妃の粗相を流していた。というより、慣れている様子だ。

理由は明白だった。

あの関西弁ダダ漏れの鴻蓮華という徳妃のせいだ。彼女が後宮の中心的存在となっており、周囲の受け入れ度合いがあり得ないほどいい。無茶苦茶をやっても、「あら、鴻徳妃のようなことをなさるのね」で済まされてしまう。はっきり言って異常なのだが、王淑妃としてはやりやすかった。

あいつも、きっと同郷なんだろうなぁ……関西かな。

試合終了と同時に、あいさつもせずに侍女を抱えて出ていった蓮華の姿を思い浮かべた。自由奔放で明るく、後宮の誰からも好かれている。

気になって聞き込みをしてみたが、野球だけではなく、たこ焼きやお好み焼きまで持ち込んでいるらしい。やりたい放題だ。よく許されているな。

それにしたって、野球を広めるセンスはべらぼうにいいが、チーム名がよろしくない。どういう了見で、巨人《ジャイアンツ》を省いているのか。巨人は十二球団で最も古く伝統があるってのに。

鴻蓮華は凰朔随一の豪商に生まれ、貴族ではないものの不自由なく暮らしてきた。お嬢様でありながら、超庶民的……王淑妃と同胞のはずなのに、まったく境遇がちがう。自分は、あんなにいい暮らしはしていない。

だからと言って、うらやましいかと言われると……それは否だ。

水仙殿にいる侍女の顔が浮かんでくる。

傑に、定時連絡と一緒に試合が終わったと伝えねば。首を長くして、王淑妃からの連絡を待っているだろう。

「ねえ」

ベンチから撤収の準備をしていると、グラウンドのほうから呼び声がする。確認して、王淑妃は思わず眉根を寄せた。

遼星霞。

反秀蘭派の筆頭、遼家の娘だ。子供のような幼顔に、にこにこと胡散臭い笑みを浮かべている。貧民出身の侍女に肩を貸して塁を回ったのには驚かされたが……だからって、信用はできない。

王淑妃は星霞をにらみつけた。

「なに考えてやがる、失《う》せろ」

敬語で取り繕ったりはしない。劉貴妃たちには聞こえないよう、押し殺して。だが、精一杯の圧力はかける……チビなので、迫力に欠けるのが難点だ。

「冷たいのですね。私、仲よくしに来ただけですのに」

星霞はそれでも臆せず、笑いながら竹の水筒を差し出した。

「これ、蓮華様に教わった果実の飲み物です。氷を借りて、さっきまで冷やしていたから、よろしければどうぞ」

「いらねぇってんだ。信用できるか」

「あら、どうして？」

星霞は無邪気な表情で首を傾げる。本当になにもわからない、と言いたげだ。心の底からそう思っているのだと、感じさせられる。だから、一瞬、騙されそうになった。

けれども、王淑妃は態度を崩さないことにする。

「自分の胸に聞けってんだ。都へ向かう途中、王家の馬車が谷底へ落とされそうになった。てめぇら、遼家の治める梨《り》州でな」

「それはそれは……大変な目に遭ったのですね。さぞ、怖かったでしょう」

「あたぼうよ。あんなところで足を失っちまえば、都になんざ辿りつけねぇからな」

「阿多坊《あたぼう》？」

つい、もとの話し方が濃く出てしまった。それでも、遼家相手に遠慮する必要もないだろう。

「あなたも、お可哀想に」

「？」

「お家のために、後宮へ来たのでしょう？　私と一緒。利用されているの。それなのに、どうして仲よくできないのかしら？」

利用されている。

その言い方に、王淑妃はぎりと奥歯を噛んだ。

「利用されている……？」

グローブを地面に叩きつけた。星霞は、にこにこと笑ったままだ。

利用……そうじゃない。そうじゃない！　そうじゃねぇ！

ちがう！　そんなんじゃねぇ！

王淑妃は納得している！

王淑妃は、理解している！

王淑妃は――王仙仙は、自分の意思で後宮《ここ》を選んだ！

「ちゃんと褒めてもらえていらっしゃる？　私はね、ちゃんと褒めてもらえますの。よくやった、と。今日はきっと、特別に」

不意に、星霞は小さな袋を投げて寄越した。粉が入っている……ロジンバッグだ。投手が投球前につける滑り止めであった。野球のために、こんなものまで用意されている。後宮なのに。

王淑妃はとっさに、ロジンバッグを受け止めてしまう。ばふっと、白い粉が舞う。

「きっと褒めてもらえます。たくさん、たくさん……」

うっとりとした表情が気色悪い。顔は美少女と呼べるだろう。こういうのが好きな男はいるはずだ。だが、美しさとも可愛さとも呼べぬ、底知れぬ沼のような色が見えた。

「お父様に、褒めてもらえるのです」

気色悪い。背筋に悪寒が走った。

「………」

そんな星霞の顔がゆがんだ気がする。

笑い方が変わったわけではない。王淑妃の視界がゆがんだのだと気づくまでに、時間はかからなかった。

「王淑妃？　王淑妃、どうかされましたか！」

足元がよろめき、立っていられなくなった王淑妃を見て、星霞が悲鳴をあげた。とても大げさな叫び声だ。

わざと周囲に聞かせている。

ああ、そうか。ヘマやらかした……前のめりに倒れ込みながら、王淑妃は悟る。

「私、王淑妃をお連れします！」

毒が仕込まれていたのは水筒ではない。ロジンバッグだ。

こんな公衆の面前で、堂々と……そう思考が思い至ったときには、王淑妃の身体は星霞に抱えられていた。

❀　❀　❀

「はあー……よかったぁ……」

医官の見立てを聞いて、蓮華は心の底からつぶやいた。試合後、すぐに朱燐を連れてきたのもあって、身体にドワッと疲れが出る。

朱燐の足は軽い捻挫らしい。それでも、無理をして走ったので腫れがひどかった。

「鴻徳妃、ご心配をおかけしました……」

寝台に横たわって、朱燐が弱々しく言った。

「なに言うてんねん。それより、嫌な思いしたやろ？　ほんますまんな。ちょっと、うちが甘かったんや」

「いいえ、いいえ！　滅相もございません！　私は慣れておりますから……所詮は、名なしでございますので」

自身を「名なし」と言う朱燐の顔に陰りなどなく、むしろ当然のように受け入れている様子だった。

それが余計に蓮華は悔しくなってくる。

「主上のお心遣いに感涙いたしました。そのうえ、鴻徳妃にまでお言葉をいただけて、朱燐めは幸せにございます」

「うん……主上さんに、今日は助けられてしもたな」

ここぞというときに、やってくれた。天明の姿を思い出し、蓮華は「うんうん」とうなずく。まるでホームランを放つバースのような……率直に見直した。もしかして、主上さんって考えてたより漢前《おとこまえ》？ 超凰朔兄さん路線、必要ないかも……？

なんだかんだ、素直ではないが根は優しい。大変な過去のせいで偏食だったのに、蓮華のお好み焼きも絶対に残さなかった。毎回、きっちり二枚食べてくれる。関西弁でツッコミを入れても許すし、心も広い。さっきの演説ぶりから、野球のルールもおぼえたのだろう。

「やっぱ、もったいないわ……せや！ はよ帰って、夏雪や劉貴妃紹介せな！」

これから酒席だ。長居しすぎてはいけない。早く帰って、天明にほかの妃を売り込まなければ。後宮には蓮華より正妃にふさわしい佳人がたくさんいるのだ。

「いいえ。鴻徳妃……たぶん、主上は鴻徳妃に――」

「じゃ、朱燐！ またな。今は寝てるんやで。あー、医官《せんせい》さん朱燐を頼むでー！ あとで迎えが来るから！」

朱燐がなにか言おうとしていたが、蓮華はさっさと立ちあがって殿舎を出ていく。

蓮華の酒席での衣装は球場の控え室に用意してある。ちゃっちゃと着替えて参加しなければ。そういや、胴上げやってなかったなぁ……。

蓮華は小走りするが、試合後に朱燐を抱えて歩いたせいもあり、さすがに疲労困憊《こんぱい》であった。もっと体力つけなあかん。

「あれ……」

急ぐ道中、蓮華は衛士の一団を見つけた。

普段は宦官以外、男子禁制だが、今日は特別だ。貴族や皇城の官吏が後宮に入り、それに伴って衛士の数も増やしていた。だから、それ自体はおかしくない。

衛士たちは大きな麻袋を運んでいる。

蓮華が気になったのは、麻袋の口からはみ出ている色だ。

鮮やかに染色された橙色。あれは……手ぬぐいの端？

王淑妃の持ち物に似ていた。

「お兄さんたち、ちょい待ってや」

蓮華は思わず声をかけてしまう。衛士たちは不思議そうに、蓮華をふり返った。

「その袋の中身、なにが入ってんねん。見せてほしいんやけど」

とりあえず、中を検めよう。王淑妃の私物が紛れ込んでいるなら、本人に返してあげたほうがいい。持ち物がなくなるのは気分がよくないだろう。球場のゴミとまちがわれたのかもしれない。返すときに、なにか会話する口実にもなった。

だが、衛士たちの反応が悪い。

どうやら、後宮の妃だとは思われていないようだ。汗と泥まみれのユニフォーム姿なので無理もなかった。衛士なら試合もあまり見ていないだろう。このパターン、前にもあったわ……お約束になってしまう。

「えーっとですね。こんな格好してますけど、うちは——」

どんっ。

頭のうしろで音がした。

あれ、今なにが起きたん？　そう思ったのを最後に、蓮華の思考はプツリと途切れてしまった。

怪我《けが》がないよう綺麗にすっ転べたのは、吉本新喜劇に鍛えられたおかげや。

❁　❁　❁

大宴でなぜだか催された野球は、ひとまず成功に終わった。成功してしまった。成功させてしまったと言ったほうがいいか……天明のつく息は重い。

場所を移して酒席がはじまっていた。

さきほどまで、野球の衣装に身を包んでいた妃たちも、華やかに着飾っている。野球のときとは、ずいぶんと印象が変わる妃もいた。

「蓮華は遅いな……」

酒席につき、天明はそのような声を漏らしてしまう。

皇帝、および皇太后をもてなすのは正一品四名の役目であった。だのに、天明の席を囲んでいるのは、劉貴妃と陳賢妃のみだ。残り二人は、まだらしい。

蓮華は試合が終わると、早々に朱燐を抱えて行ってしまった。他人のために動く蓮華らしい。だが、酒席に遅れるとはなにごとか。此度の愚痴を思いっきり述べてやるつもりだったのに、肩透かしである。

「主上」

蓮華の名を出した瞬間、陳賢妃の顔色があからさまに変わる。

明らかに敵意を見せている気配があり、天明の背筋に悪寒が走った。特定の妃ばかり持て囃《はや》すなという苦情だろう。それについては……返す言葉もないが、天明と蓮華には夜伽がないのだからお門違いもいいところだ。公になっていないので、仕方がないが。

「鴻徳妃……いいえ、蓮華と一番仲がよいのは、このわたくしなのです」

陳賢妃は胸を張りながら、朗々と主張した。

「……は？」

なにを言っているのだ。

「わたくしのほうが、主上よりも蓮華と一緒に過ごす時間が長いのです！　お好み焼きだって、綺麗に返せるのです。よろしければ、ご覧に入れましょうか！」

「なぜ、張りあっているのだ!?」

駄目だ。つい勢いで強めに聞き返してしまう。蓮華に言わせると、「突っ込み」らしい。だが、陳賢妃はまったく怯まなかった。それどころか、さらに大きな声を出す。

「わたくしのほうが、もっと突っ込みが上手いのですからね」

「いや、それは呆《ぼ》けだろう！」

天明は頭が痛くなってしまった。だのに、横で秀蘭はにこやかな笑みを浮かべるばかり。どうして、そんなに嬉しそうなのだ。

「次こそ……あそこは……いいえ、やはりこうして……そもそも、ここが……」

もう一人の妃、劉貴妃は酒席にも皇帝にも興味を示さず、小声でなにかを唱えている。ときどき野球の用語が聞き取れるので、試合の反省をしているのだとわかった。

しかし、あまりにも表情がなく、虚無である。恐ろしい空気だ。

早く蓮華は来ないのか。いろいろな意味で限界だぞ。

蓮華がいると、どことなく場が華やぐ。突飛で珍妙な妃だが……もしかすると、正一品の中で彼女が一番、まともなのではないか……そもそも、皇帝が妃から相手にされないとは、どういう状況だ。誰か説明してくれ。

もう間もなく、貴族や官吏たちが酒を持ってやってくるだろう。酒席にて、皇帝は臣下から注がれた酒を一杯ずつ飲むのが慣例だった。そうやって、全員の顔を確認する。とはいえ、飲むふりだけでよく、脇に用意された桶《おけ》へ、適度に捨てる。

蓮華のことだ。朱燐が心配なのだろう。もしかすると、思ったよりも負傷がひどいのかもしれない。そういうとき、蓮華はかまわず朱燐を優先する。そういう女だと、天明は認識していた。

それはそれで、彼女らしくてかまわないのだが……。

「主上、王淑妃です」

酒席に嫌気が差してきた頃合いに、颯馬が耳打ちする。

場の空気が若干変化した。遅れてやってきた妃は、堂々とした態度で臣下たちの脇をとおり、こちらへ向かってくる。

試合の際に、みなが見たとおり、王淑妃は小柄な妃であった。とても、本塁打を二本も打った長打者とは思えない。左右で色のちがう目を伏せ、非常に淑やかな身のこなしであった。丸みを帯びた両頬は白桃のように瑞々《みずみず》しい。

「遅れて申し訳ありません。主上」

現れた王淑妃は深々と頭を垂れて、謝辞を述べる。とても流暢《りゅうちょう》な言葉づかいで、滑らかな動作だ。

天明は表情を改め、正面から王淑妃を見据えた。

王淑妃も応えるように、天明に視線を返す。

「盃を持っていただけますか」

王淑妃に求められ、天明は黙って応じる。

なんの変哲もない、皇帝と妃のやりとりだった。本来、こうあるべきなのだ。

王淑妃の注ぐ酒で、天明の盃が満たされていく。

「主上――」

誰にも聞かれぬ小さな声が、やや震えている。

「お助けください」

それは、乞うような囁《ささや》きだった。

抑え　大阪マダム、捕らわれる!

一

いやー……ここ、どこぉ?

気がついたとき、蓮華は天井を見ていた。薄暗いが、目が慣れると梁《はり》の数くらいならわかる。ひい、ふう、みい、よお……横三十三本、縦に太いのが四本ある。なんでや。関係ないのに数えてしもた。

「って、んな場合やないわ。ここ、どこやねん!」

セルフボケツッコミ。こうでもしていないと、やってられへん。なにせ、立ちあがりたくても、両手両足が縄で縛られている。全然解《ほど》けない。なんやねん、この状況。

「んぁ……」

隣に人が寝ている。青いユニフォームをまとった小柄な娘だ。

もしかしなくとも、王淑妃だとすぐにわかった。ちょうど目覚めたところらしく、周囲の様子を確認している。その過程で、蓮華とも目があった。

どうして、こんなことに。蓮華と同じことを王淑妃も考えていそうだ。知らんけど。

「おはようさん」

「………」

蓮華が声をかけるが、王淑妃は黙ったままだ。

「誰もおらへんみたいやから、大丈夫やで」

どこかの倉庫のようだ。ほかに人の気配はしない。

「やっと、二人きりで話せそうやね……」

そう告げると、王淑妃は「へんっ」と鼻で笑った。

なんでやねん。そこ、笑うとこちゃうで。

「俺も、どっかでお前さんとは話さねぇといけねぇと思ってたところだよ」

王淑妃の言葉は独特のものだった。関西訛りではない。なんというか……号外の瓦版を撒いていそうなしゃべり方……。

「し……下町言葉……？」

王淑妃のしゃべり方は、テレビなどでたまーに触れたことがある。標準語ではない。東京方言。東京訛り。下町言葉……江戸っ子？　浅草《あさくさ》っ子？　って、やつ？

とても威勢がよかった。しかしながら、こんなに小さな身体、おまけに可愛らしい顔立ちなので、まるで小型犬。荒っぽい男のような口調だが、不思議と高圧的だとは感じなかった。うーん、アンバランス。

「実はよぉ……」

　王淑妃は神妙な面持ちで蓮華を見る。蓮華は固唾を呑んで、言葉を待った。

「お前さんは俺の知ってる訛りを使いやがる。身におぼえがないとは、言わせねぇぜ……俺にゃあ、前世ってやつの記憶がある。お前さんにも――」

「？　知っとったで。なにボケてんねん、バレバレやわ」

　思いのほか、蓮華は冷ややかにツッコミを入れてしまった。王淑妃の顔が凍りついていく。

「な……なんだってぇ!?」

「え、今のボケちゃうん!?　自分、本気で誤魔化せてると思ってたん!?　むしろ、なんで隠せてると思ってたん!?」

　びっくりやわ。あれで隠してるつもりやったんかーい！　うちが言えた口やないけど！

　王淑妃はやりにくそうに表情をゆがめるが……気をとりなおしてくれた。

「お、俺ァ……東京生まれ、浅草育ちでぇ。お前さんは、やっぱり関西かい？」

「せや。大阪生まれ、難波育ち、カーネル・サンダースの代わりになって道頓堀で溺れ死んだんや……この話、口に出すとなかなか情けないなぁ……」

「カーネル・サンダースの代わりに死ぬって、どういう状況でぇ！」

「どういうって……阪神が優勝したやろ？　そのノリで、アホンダラなボケナスどもが、悪乗りしてカーネル・サンダース人形を道頓堀に投げ込もうと……」

「待て待て待てぇ！　阪神が優勝？　何年前の話してんだ、てめぇ？　昭和か？」

んんん？　いやいやいや？

「ちゃうわ！　その、昭和の優勝で投げ込まれたカーネル・サンダースの呪いは解けたんや！　うちは、令和の優勝で呪いを再来させせんために――」

「れいわ？　そりゃあ、なんだい？」

令和と聞いた瞬間、王淑妃は険しい顔をした。

「年号や。うちは、令和に死んだんや」

「年号……だってぇ!?　平成は終わっちまったのか!?」

平成!?

蓮華は驚いたものの、すぐに考える。そもそも、この凰朔国は前世には存在しなかった国だ。おまけに、文化水準から言って、明らかに時間軸は過去。王淑妃が同じ日本から転生してきたとしても、時代にズレがあるのはおかしな話ではない。

だから、王淑妃は阪神が令和で優勝した事実を知らないのだ。

つまり、最強で最高の阪神を知らんってことや！　最下位から這《は》い上がった奇跡の二十連勝も？　クライマックスシリーズでの阪神巨人戦も？　パ・リーグ代表を下して日本一になったんも？　もったいな。人生損してるわ！　転生したけど！

「ちなみに、王淑妃はなんで死なはったん？」

「あん？　俺？　俺ァ、弟子と銭湯に入ってたんだが……ああ、弟子ってのは、俺ァ大工《でえく》だったからよ」

「銭湯……大工……弟子……」

「風呂っつったら、銭湯の一番風呂が最高だろ！　近ごろは、めっきり減っちまったがなぁ」

「せ、せやろか……」

スーパー銭湯はわかるけれど、銭湯は結構レアだ。それなりのこだわりがありそうだった。蓮華がたこ焼きを愛するように、きっと王淑妃にも前世からの思い入れがあるのだろう。知らんけど。

それにしても、浅草の大工。口調が荒っぽい下町言葉なのも、なんとなく納得した。弟子もとっていたということは、生粋の職人だったのか。そして、オッサン。なるほど、オッサン。オッサンが転生して美少女……いや、うちも顔がようなったけど。

「そいで、銭湯に酔っ払ったじいさんがいてよ。もう、べろんべろんになっていやがったんでぇ」

「うんうん、それでそれで？」

「浴場でえっちらおっちら歩いて滑って転びそうになってたんで、俺ァ支えてやろうとしたんだ。ところがどっこい、足元に石鹸《せっけん》が転がってやがって……まあ、なんだ。滑っちまった」

王淑妃はちょっと恥ずかしそうに苦笑いする。

蓮華は次の言葉を待ったが、続きは聞けなかった。終わりだ。ちゃんちゃん。

「それ、オチは？　まさか、そのまま頭打って死んで転生したん？」

おっと、つい「オチは？」なんて言うてしもた。話にオチを求めてしまうんは、大阪人の性《さが》や……せやけど、こう比べると……うちの死因って、めっちゃおもろいかも。もうネタにするしかないわ。

生粋の下町大工……敬語が下手すぎるのは、そういうことか。いやそれでも、社会人ならちょっとは……って、関西弁ダダ漏れのうちが言えるクチやないか！

「気がついたら、俺ァ山小屋の猟師の家に生まれて……こっちの世界でつけられた名前は——傑」

蓮華は目を瞬く。ぱちぱち。

傑は、王淑妃の侍女をしている娘の名だ。王淑妃に前世の記憶があるのはバレバレであったが……これはよくわからない。

王淑妃、いや、傑は身の上を話しはじめる。

傑は梨州の山で猟師の娘として生まれた。前世の記憶は、蓮華とちがって子供のころからあったようだ。前世も今世も荒々しい家で育ったため、男っぽい性格や口調でも、あまり困ることはなかった。むしろ、余計に染みついた。

「へへん。猟師は女よりも、男のほうが都合がよくてよ。男のふりして狩りしてたんでぇ。生まれてこの方、女言葉どころか、敬語もとんと使わなくなっちまって」

「それで、あんなに敬語が下手やったんや……」

「てやんでぇ、下手で上等！」

「いや、あかんやろ。あれは」

この振る舞いなら、みんな男だと思うだろう。可愛い顔をしているが、少年でも通じそうだ。猟師の身なりをすれば、きっとそれっぽい。

傑は女に生まれたが、前世と同じく男として生活していたのだ。日々、狩りで肉を獲り、捌《さば》き、ときどき売って。そういう暮らしだ。たまに大工だったころの知識や技術が役立つが、あまり大それたことは起こらない。山で平和に生活していた。

だが、ある日。傑の暮らす山小屋の近くで、馬車の滑落事故があった。谷底へ、貴族の馬車が落ちたと聞き、すぐさま駆けつける。

まだ人が生きているかもしれないし……そうでなければ、なにか持って帰れると思った。厳しい話だが、狩猟生活だって安定しているわけではない。それに、傑が行かなければ、別の人間が手を出しているだろう。そういう世界だ。

幸い、谷底と言っても、あまり深くなかった。のっていた人間も無事だ。馭者《ぎょしゃ》のほうは怪我をしていたが……それよりも、きな臭い。

滑落した山道には、矢が刺さっていた。馬車を引く馬を、何者かが驚かせたように見える。

――おいおい、お前さんたち大丈夫か？

傑が声をかけると、中にいた娘が怯《おび》えて縮こまっていた。滑落で気が動転しているというよりも、知らない人間を怖がっている素振りだ。

そして、傑の直感を裏づけるかのように、馬車の周りを囲む人の気配が現れた。

「そんで……よ、っと」

傑は説明しながら、身軽に起きあがった。

手足をぐるぐるに縛られているのに器用だ。身体がとてつもなくやわらかい。さらに、袖の内側から小さな黒曜石の小刀を取り出す。きらきらとした宝飾品にも見えるが、一部が研磨されて鋭くなっている。石器のようなものだ。

「火事と喧嘩は江戸の華ってな。明らかにきな臭かったモンだからよ、全員ブン殴ってやった」

ブン殴ったって……サラッと言うてるけど、めっちゃ強いやん。すご。

傑は得意げに言いながら、小刀で蓮華の縄を少しずつ切ってくれる。

「馬車にのってた貴族の嬢ちゃん。聞きゃあ、これから都へ行くのに、命まで狙われてるって話じゃあねぇか」

貴族の娘は、王仙仙と名乗った。

延州の貴族で、これから後宮の妃になるのだと、傑は説明される。最初は怯えた小動物のようだったが、おちついて話してみると、見事なお姫様だった。

王家は凰朔での歴史は浅い新興の貴族だ。先代の典嶺帝時代に、山を支配していた民の長《おさ》に土地と位を与えて協定を結んだことにはじまる。山の民は、たびたび延州を荒らして凰朔に攻撃を仕掛けていた者たちだ。けれども、間に王家が立つ形で、均衡が保たれ治安がよくなったという。

王家と凰朔の皇帝との結びつきは新しい。あまり王家に力を持たせすぎれば、山の民と結託して攻め入らないとも限らない。だから、関係性には慎重だった。ゆえに、延州での堤防工事も見送られてきたのだ。

その両者の関係を前進させようとしているのが天明である。

逆に、反秀蘭派には好機であった。

王家を敵に回すと、戦争になるかもしれない。山の民が怒り、凰朔へ攻め入ろうとするだろう。王家は山の民たちを鎮める要なのだ。

戦争で民の不満をそらし、特需を得るという、遼博宇が語ったマニフェストと一致する。延州は翡翠の産地として有名だ。その向こう、山の民が住む山々にも、多くの翡翠が眠っていると言われている。完全に掌握すれば、多大な利益が見込めるだろう。

「だから、俺が仙仙を護衛することにした」

傑の笑みにはくもりがなかった。

「俺たちゃ、まあまあ似てっからよ。ほら、見てみな。この目の色と、背丈がそっくり似ていなすった。後宮では俺が仙仙で、あいつが傑だ」

「入れ替わってたんやね。眼帯は目の色隠すため？」

「そういうこった！　顔の痣も化粧でぇ。いやぁ、女は化けるってのは、本当だ」

すっかりみんな騙されていた。

「問題はしゃべり方でぇ。こっちの世界に来てからは、お綺麗な言葉の世話になる機会がなかった……」

「なるほどなぁ……使い慣れた言葉が漏れてしまう感じ、わかるわ」

しかしながら、蓮華の場合は「お綺麗な言葉」を使ったほうがいい上流階級の生まれなのに、関西弁が漏れてしまう。傑とは環境が異なった……が、傑とちがい、前世の記憶を取り戻したのは三年前である。せやから、大丈夫や。なんとかなってるし！

「あ……おおきに」

蓮華の手を縛っていた縄が外れる。拘束からの解放は本当に気持ちがよくて、思いっきり伸びをした。蓮華は足の縄を解き、今度は交代して傑の縄を切る。

「最初は都までの護衛でもしてやろうって話だったんだが」

傑の縄が切れて、お互いに解放された。

「仙仙は肝の据わったいい女だからよ……そのまま、成りゆきってやつでぇ！」

傑は快活に笑ってあぐらをかいた。小さな身体には似つかわしくないが、どことなく板についている。これが本来の彼女なのだと実感できた。

傑が前世を隠していた理由にも納得がいく。本物の王仙仙と傑が入れ替わっている事実を知られてはいけない。彼女たちの間にあった妙な違和感も説明がついた。

「傑がつかまったんは、反秀蘭様の人らが悪さしたから？」

「下手こいちまった」

傑は苦い表情で舌打ちした。

「とにかく、お前さんを巻き込んで悪かった。身代わりの俺ァ、死んだってかまわねぇが、お前さんは皇帝陛下のお気に入りだからな」

「お気に入りって……なんか、悪い気ぃしてきたわ……ここだけの話。それ、嘘やねん。うちと主上さん、そないな関係やないんやわ」

傑と仙仙の秘密について教えてもらったのだ。蓮華と天明の秘密も、洗いざらい話した。蓮華は天明の寵妃などではない。

話すと、傑は蓮華をにらみつけてきた。怒っているのだろうか。

「てめぇ、さては馬鹿だな？」

なぜ、罵られたのかわからなかった。ただ、「馬鹿」はやめてほしい。

「馬鹿ってなんやねん！　馬鹿って！　せめて、アホ言うてや！」

関東と関西では、「馬鹿」と「アホ」のニュアンスがちがう。関西では、馬鹿のほうが強めでキツイ言い方である。対して、アホはまだ可愛げのある言葉なのだ。全然ちゃうねん！

「あの皇帝、いっぺん水仙殿に来やがったんだがよ」

「え！　主上さん、行ったん？　ほれでほれで？　どないやった？」

天明がほかの妃のところへ行ったなど、初耳だ。蓮華はつい、前のめりで傑に迫ってしまう。

「なんにも」

「へ？」

「こそこそ隠れて来て、なんにもせず帰りやがった」

水仙殿へ天明が来た事実は、完全に伏せられていた。皇帝が妃の殿舎を訪れると、必ず後宮に情報が行き渡るはずなのだが、それもなかったのだ。

話した内容も、王家との協力を強化する旨だったらしい。政の話だ。

そのとき、仙仙と傑の入れ替わりも天明には明かされている。そして、夜伽を求めることなく話が終わると、去ったらしい。

なんでやねん？　皇帝やのに？　後宮《ハーレム》やのに？　なんで？　なんで？

「お前さんが考えているよりも、数倍大事にされてるってこったろうよ」

そんなはずはない。だって、蓮華と天明は契約関係で、普通の妃と皇帝の仲ではないのだ。実際、夜伽どころか色っぽいアレを命じられた例しがない。

「もしかして、主上さん律儀やから……うちとの契約内容見直さな、ほかの妃に手つけられへんと思っとるんちゃうかな？」

きっと、そうや。契約と言っても、口約束のようなものだ。ちゃんと書面にして、なにがよくて駄目なのか、はっきりさせなければいけない。蓮華は天明の婚活を応援しているのだ。

「……てめぇ、やっぱり馬鹿だろ」

「せやから、アホ言うてや！」

なんで、何度も罵られなあかんねん。わけわからん。

「…………！」

納得いかなくて問いつめたかったが、突然、広い倉庫の扉が開いた気配がする。

蓮華と傑は、慌てて切れた縄を自分たちに巻きつけた。寝転んで、縄の切断面を身体の下に敷き込めば、薄暗くてわからないはずだ。

「もう一人？　もう一人って、なんですの！」

声がする。甲高い女性の声だった。それに、男たちが謝罪している。

「私は、王淑妃を運べと言ったのです」

「ですが……見られてしまいまして」

この声……蓮華が気を失う前に、声をかけた衛士たち——今にして思えば、麻袋に入っていたのは傑だったのだ。そこに蓮華が声をかけたので、捕らえられてしまった。

王淑妃、いや、仙仙は反秀蘭派から命を狙われていた。

こんなことをするのは……。

「嘘でしょう？　本当に、役立たず！　なんて役立たずなのですか！　よりにもよって……蓮華様を連れてくるなんて！」

縛られたふりをする蓮華を見て叫んだのは——遼星霞だった。

蓮華は頭の中が真っ白になり、なにも考えられなかった。

「ああ、なんてこと……予定にはありませんでした。ごめんなさいね、蓮華様」

星霞は大げさに言いながら、蓮華の前に膝をついた。幼顔には、薄らと涙が浮かんでいる。いつも蓮華に話しかけてくる星霞と、なにも変わりがなかった。自分の脳がおかしいのではないかと錯覚してしまう。

「なんでやねん、星霞……」

そう問うと、星霞はそのままの表情で、横たわる蓮華の顔に触れた。ぞっとするほど心地のよい体温だ。

「だって、お父様が褒めてくださるから」

星霞の言葉に嘘はない。

褒められたい。それは星霞の原動力だった。野球だって、いつも蓮華に褒められたくて練習をがんばっていたのだ。そこに嘘はない……星霞にとって、嘘などなかった。

「本当にごめんなさい、蓮華様。王淑妃だけ連れてくるつもりでしたの。それなのに……役立たず」

蓮華に対する呼びかけと、衛十への言葉には明確な温度差があった。まるで、ゴミでも見るような目だ。

「野球がしたいって言わはったのは……嘘やったん？」

「いいえ！　いいえ！　嘘ではなくてよ。野球は楽しいのです。蓮華様に褒めていただきたくて、私いっぱいがんばりましたもの。そうですわ、蓮華様。まだ試合の本塁打を褒めてもらっていませんでした。褒めてくださいな」

星霞はにっこりとしながら蓮華に顔を近づけた。

蓮華は思わず、目をそらしてしまう。

「なに言うてんねん」

「だって、お約束でしたもの。蓮華様は、褒めてくださらないのですか？」

たしかに、約束した。せやけど……こんなん……。

「あんた、おかしいわ」

腹の奥から、黒い感情がのぼってくる。こんなの、初めてだ。人に対して、怒ったり憎んだりしたくない。それなのに、心の底から言葉がわきあがってきた。

「残念です。でも、お父様が褒めてくださるから、いいのです……きっと、今度こそ褒めてくださるわ。そのために、わざわざ野球もがんばったのですから。ああ、野球がしたいのは本当ですよ。それが一番王淑妃に近づきやすかったから」

これ以上、しゃべってくれるな。そんな気持ちでいっぱいだった。

「そうでなければ、名なしの虫など助けたりしませんわ。おかげで、主上にも褒めていただきました。みんな信用してくださったから、桂花燕団の控え席へも入れてもらえましたし、王淑妃を連れ出すのも簡単でした。名なしも役に立つのですね。あら、蓮華様、顔色が優れなくてよ。お加減が悪いのですか？」

話しあえない。星霞とは、わかりあえない気がした。

そういう気持ちでいっぱいになってしまう。すごく嫌な気分だ。

「ごめんなさい、蓮華様。ここへ連れてきてしまったからには、お帰しするわけにはいかないのです……どうしましょう。蓮華様のこと、お父様に叱られるかしら？」

星霞は真剣な顔で悩み、うしろにひかえた衛士たちをにらむ。誰も星霞に逆らえず、黙り込んでいた。

「でも……そうね。このまま、予定どおりに火をつけましょう。現状、鴻家の経済力は無視できませんが、政への発言力はありません。主上の寵愛を受ける蓮華様がいなくなれば、鴻家の勢いを削《そ》げますね。そもそも、蓮華様だって貴族ではないのだし。そう。きっと、そう。お父様もそう言ってくださいます。そうにちがいありません」

少女らしい可憐《かれん》な笑顔で、星霞は恐ろしい言葉の数々を並べている。自覚がないままに。心の在り方が、蓮華とはまったくちがう。

「さようなら、蓮華様」

星霞は、なんの悪気もない、屈託のない表情で手をふった。

蓮華は呆然《ぼうぜん》としながら、去っていく星霞を見遣《みや》る。

倉庫に誰もいなくなり、外から施錠をする音が響く。

ここに、火をつけると言っていた。

「簡単に信じやがって。あいつァ、お前さんに毒を盛った女なんだろうが」

傑が悪態をつきながら起きあがった。蓮華はしばらく動けず、冷たい地面に顔をつけたままだ。

「おら、立てよ。馬鹿野郎」

「せやから……せめて、アホ言うてや……いや、うち馬鹿なんやろか……」

星霞を信じたのを、いまさら後悔するなんて。

それでも……蓮華は、まだ星霞を踏みとどまらせる方法を考えていた。

彼女をなんとか救えないだろうか。

野球がしたいのは本心だったのだ。なら、わかりあえるのではないか。

星霞と話していると、頭が痛くなった。話せば話すほど、彼女とは相容《あいい》れないと感じてしまったからだ。

ああ、でも。

一回叱りたい。自分、なに言うてるかわかってるか!? って、引っぱたきたい。

話しあうのは、それからだ。

こんなん考えてるうちは……アホやなくて、馬鹿かもしれん。

「なにがなんでも、俺ァ、お前さんを外に出す必要がある。どんな大馬鹿でもな」

傑は立ちあがり、倉庫の中を観察している。

蓮華も、のろのろと起きあがった。

「ッ……」

傑が顔をゆがめ、立ちくらみのように、フラッとよろめいた。

「どないしたん?」

「いんや……くそったれ。まだ毒が残ってやがる」

星霞が傑を連れ去るために盛った毒だ。まさか、ロジンバッグの粉に仕込むなんて。

軽度で済んでいるが、目眩が……と、傑がつぶやく。

「こんな状態じゃなきゃあ、全員ブン殴ってやんのに」

蓮華は傑を支えようとするが、ぱしっと手を払われてしまう。歩くのも辛そうに見えるが、やせ我慢しているのだろう。

「ここを出るのが先決だ」

傑は倉庫を調べはじめた。

「鍵は閉まってるんやろうな……どっか、抜け道あらへん? 忍者屋敷みたいな!」

「赤影《あかかげ》じゃあるめぇし」

喩《たと》えが古いけど……ツッコミはやめといたるわ。

「あの窓、出られへん?」

高い位置に、光取りの窓がついているが、傑は顔をしかめた。

「小さすぎる。お前さんが通り抜けるのは、無理じゃねぇか？」

「せやけど、傑ならとおれそうや。傑が窓から出ればええ。うち、背が高いやろ？　踏み台にしたら、ぎりぎり届きそうや」

「てめぇ、やっぱり馬鹿だろ。身代わりなんて逃がしてどうするってんだァ？」

傑は首を横にふって蓮華の提案を却下した。

「ほかに出口がないんや。傑が誰かを呼んできてくれたら、二人とも助かるやろ？」

「てやんでい！　お前さん、後宮の妃じゃねぇか。鴻徳妃様なんだろう？」

傑は辛そうな表情で頭を押さえた。

「この状態やと傑が上から、うちを引っ張りあげるんも、むずかしいやろ？　それに、妃やけど、うちはたいそうな身分やないんや。気軽に、蓮華って呼んでや」

火がつけられたのだろう。薄らと、倉庫に煙が充満しはじめた。このままでは、二人とも一酸化炭素中毒で死んでしまう。

「……俺が帰ってこられなかったら、どうすんだい？」

「そんなことあらへん。傑は帰ってきてくれる」

傑は、出会ったばかりの仙仙に手を貸したような人間だ。蓮華を見捨てたりなどしない。そう確信した。

「お人好しってんだぞ、そういうの。たった今、裏切られたばっかりじゃねぇか……

なのに――へんっ。わぁった！　とっとと帰ってくるから待ってろ。また野球しなきゃなんねぇからな。今度は俺が勝つ」

「のぞむところや！」

そうと決まれば、早く脱出するに限る。

蓮華は小窓の下に移動した。傑は身軽に蓮華の肩に足をかけ、ひょいっと小窓にのぼってしまう。

「待ってろよ」

そう告げて、傑は壁の向こう側へおりていった。足音を聞く限り、無事に着地したようだ。

「さて……」

火事では身体を低くするのがいいというのは、避難訓練の基本だ。蓮華はできるだけ煙を吸わないように身を屈《かが》めた。近くに、傑の手ぬぐいが落ちていたので、口に当てる。カラーリングがやや気に入らないが、ありがたく使わせてもらう。

屈んだまま、ただただ待つ。

気が遠くなりそうだった。数秒が数分に、数分が数時間に感じられる。

また主上さんに怒られるんやろか？

傑とは、出会ったばかりだ。身の上を明かされたのも、ついさっき。それなのに、信じてしまうのはアホやって言われるやろか？

ま、ええか……なんとかなるやろ。

二

王淑妃――王仙仙と、侍女の傑が入れ替わって生活している事情。

水仙殿を訪れた際に、天明には明かされていた。

今、酒席に現れたのは、仙仙本人だ。天明に酌をするふりをしながら、密《ひそ》かに助力を求めている。

天明はどうすべきか思案したが、ひとまず情報が欲しい。胸騒ぎもした。天明は仙仙に、自分の近くへ寄るよう手招きする。

「恐れ入ります、主上」

仙仙は深く頭を垂れたあとに、天明の隣へ座る。皇帝の寵妃を侍らせる席なのだが……否、皇帝が誰を侍らせたっていいではないか。自分の妃なのだから。

会話を聞ける距離には、秀蘭と颯馬くらいしかいない。

「傑からの連絡がなくなりましたので、妾《わらわ》が」

仙仙は伏し目がちにつぶやいた。その態度から、彼女は……傑をただの身代わりだと考えていないのが伝わる。一般的な貴族とは異なる思想の持ち主のようだ。

「なぜ、俺に乞う」

「わかっていただけると……思いましたので」

仙仙の見立てに、天明はやや驚く。同時に、己も他者のことは言えぬと気づいた。

「鴻徳妃のお姿もないそうです。着替えの女官たちが捜しておりました」

「それは、怪我人を連れて――」

「遼昭儀もおりません」

すべてを結びつけるのは早計だ。ましてや、今は宴席。警備は平生よりも厳しい
……逆に、衛士に紛れれば、多少の出入りが増えていてもわからなくなっていた。

「あら、天明は王淑妃を大変お気に召したようですね」

そう、高らかに発したのは秀蘭だ。

思わずにらんでしまった。だが、秀蘭は宴席用の淑やかな笑みを返してくる。

「なにを……」

「よいではありませんか。存分に楽しんでいらっしゃい」

秀蘭の意図がわかり、天明は口を噤《つぐ》む。

仙仙を連れ、席を立てと言っているのだ。

天明にも動かせる人間はいる。しかし、大々的に人を動かすのは避けたい。遼家が

絡んでいる可能性がある。あまり動きを悟られたくなかった。

それにしても、もっとほかに言い方はないのか。

酒席の貴族たちは、「主上の女好きはなおっておられないのだな」、「鴻徳妃の次は王淑妃ですか」、「酒席でなんと……しかし、主上だからのう」などと、言われ放題だ。以前ならともかく、今は濡《ぬ》れ衣《ぎぬ》だ。女を乗り換えたりなど……そもそも、天明に本来の寵妃はいないのだ。

が、文句はありつつも、もうそういう流れになってしまった。行くしかない。

天明はできるだけ余裕の笑みを浮かべながら仙仙の手をにぎる。仙仙も心得たとばかりに、肩を寄せてきた。男女の距離感だ。

こういうのは、久々である。当然のように、なにか特別な感情がわいてくることはなかったが。

ふと、蓮華に「好きやねん！」と迫られたときのことを思い出す。結局、言葉には色気のある意味合いは一切含まれていなかったが……あそこで動揺したのは驚いたからだ。不意打ちだった。

「宴の席に皇帝が不在など！」

「いったい、我らをなんだと……」

不満もあがる。まだ臣下たちの酒を飲んでいない。宴の序盤に主が退席など、気分がよいものではないだろう。皇子時代とはちがうのだ。

「では、代わりにあたくしの舞をご覧に入れましょう」

悩ましく思っていると、劉貴妃が立ちあがる。

彼女は仙仙たちの事情は知らないはずだが、なにか察してくれたらしい。器用な立ち回りをする妃だと、蓮華から聞いたことがあった。なにより、劉清藍の妹だ。

「あら。舞なら、わたくしのほうが得意なのですよ！」

劉貴妃に張りあって、陳賢妃も立ちあがった。この妃は、なんでも一番になりたいらしい。やる気に満ちあふれている。

あとは、彼女たちにまかせていいだろう。

天明は仙仙と、できるだけ男女の距離感を保ちながら酒席をあとにした。

秀蘭の計らいで酒席を抜け出した天明は、まず蓮華の所在を確認しに医官のもとへ向かった。颯馬には、清藍に協力を仰ぎ、傑を捜させるよう指示をしている。

宴用の派手な上衣は脱ぎ、代わりに目立たないものに取り替えていた。このほうが行動しやすい。

「ありがとうございます、主上」

仙仙は礼を言いながら、天明についてくる。思ったよりも体力はあるらしい。

「傑は、妾が巻き込んだのです。妾は己《おのれ》が果たすべき責務を理解しております。覚悟のうえで、此処《ここ》へ参りました。だから……本来なら、傑は関係がないのです」

仙仙と傑は青味を帯びた左目や、背丈、顔立ちの雰囲気がどことなく似ている。見比べると瓜二《うりふた》つとまではいかないものの、化粧で偽装できる範疇《はんちゅう》だった。そんな仙仙との入れ替わりを提案したのは、傑であったと天明は聞いている。

仙仙は妃となるために延州から来た。王家との結びつきを強める目的である。彼女は命を狙われるかもしれぬという危険を覚悟して、延州から旅をしたのだ。

強い眼差しには、まっすぐな意志が読みとれる。

同時に、身代わりとなった傑への複雑な感情も。

「近しい臣下ほど言うのだ。主に命を捧げることが本望と」

他者に命を捧げる。

その感情は、天明にもおぼえがあるものだ。それに囚われ、呑まれ、本来あるべき道が見えなくなっていた。

「だが、捧げられたほうは堪《たま》らんな。他人の重みまで背負わされる……それなら、並んで歩いてくれと思う」

天明はとるべき選択をまちがえたのだ。今だから言える。

最黎に尽くすのではなく、ともに歩く道を探せばよかったのかもしれぬ——。

「そう……ですね。妾も、そのように思います」

仙仙は微《かす》かに笑い、天明を見あげる。

「主上の御言葉《おことば》、非常に感銘を受けました。つきましては、ぜひ祖国に碑文として刻ませていただきとうございます。おまかせください。延州は凰朔切っての翡翠の産地。美男を彫る彫刻家もおります。民草に啓蒙《けいもう》いたしましょう」

……この後宮、さてはまともな妃がいないな？

などと思っている間に、医官のひかえる殿舎についた。

蓮華はいてくれるだろうか。頼むから、今はお人好しを発揮して、ずっと朱燐についていたと言ってほしい。

「しゅ、主上！　どうなさったのですか!?　それに……そちらは、王淑妃？」

しかし、慌てて天明たちを見たのは陽珊だった。朱燐の寝台の横に座っていたが、素早く立ちあがる。

蓮華の姿はなかった。

「蓮華はどうした」

説明もせず、聞きたいことを問う。すると、戸惑いながら朱燐が身体を起こす。

「鴻徳妃は、ずいぶん前に帰られました……あの……鴻徳妃は、酒席に参加されているのではなかったのですか？」

聞きたくない答えだった。天明は軽く宙を仰いで、一度思考を整理しようとする。

「邪魔するぜぃ！」

天明の登場で慌ただしくなっていた殿舎に、さらに慌ただしい声が響く。

「鴻徳妃のツレが、ここに――あァん!?　なんでぃ!?　皇帝!?」

呼び捨て！　……それは、いい。らしからぬ扱いは、慣れてきた。それよりも、威勢よく入ってきたのは、まさに捜していた傑ではないか。左右で色のちがう目を丸めて、天明と横に立つ仙仙を見ている。

「あれぇ!?　傑……いや、仙仙様？　王淑妃？　今、なんて呼びゃあいいんだ！」

混乱している傑に、仙仙はため息をついていた。

事情を知らぬ人間にとっては、「王淑妃が二人いる」という状況だ。

「傑、心配しましたよ」

仙仙が状況の説明を求めた。傑は「ああ、そうだった！」と背筋を伸ばす。そうして、星霞に捕らえられたことや、蓮華を倉庫に残していることを説明した。

天明は蓮華が巻き込まれているのにも驚いたが……火のついた倉庫にいる、だと？　なぜ、それを先に言わなかった。と、傑を責めても仕方がない。傑自身、毒の影響で足元が覚束ない様子である。

天明は即座に歩き出す。

「待て待て待てぇ！　皇帝さんは危ねぇだろ！」

行く手を妨げたのは、傑だった。蓮華のことが心配だが、皇帝が行くべきではない。そう進言している。

至極真っ当な意見で、考慮に値する。だが、天明は否だと判断した。

「一刻を争う。それに」

天明は提げていた剣の柄《つか》に触れる。とはいえ、これは儀礼用の宝剣だ。装飾ばかり凝っており、抜いてもまともに人は斬れない。

「蓮華に腹を触らせるために、鍛えているわけではないからな」

天明は入口を背にして立つ傑の肩を押しのけた。

そして、部屋に侵入しようとしていた男の身体へ、柄におさまったままの宝剣を叩き込んだ。鳩尾《みぞおち》を綺麗に突かれ、衛士の格好をした男が倒れる。

傑を追ってきたのだろう。もう一人、入口の外にひかえていた。

今度は柄におさまった刀身を叩きつけるように、相手の首を薙《な》ぐ。当然のように手で防がれるが、そのまま腕の力で壁に押しつけた。

「逃げたほうが賢明だったな」

壁に磔《はりつけ》のようになった男の腹に蹴りを入れた。男は呻《うめ》きながら、くずおれていく。

「気に入ったぜ。皇帝……じゃねぇ、皇帝陛下！」

傑が感嘆の声をあげていた。

天明は当然だという態度で、とくに喜びはしない。

「んじゃあ、行ってくるか！　喧嘩！　案内するぜ！」

いつのまにか、傑に仕切られていたのが癪《しゃく》だった。

三

沈んでいくようだった。

黒くて深い、沼のような……もう戻ってこられないのではないか。そういう感覚だ。

この感じ、すごい既視感。でも、思い出せへん。どこやっけ？　いつやっけ？

「おーい、救急車！　救急車呼べー！」

周りがいやにざわざわしている。

人が大勢いた。たくさんの人間の視線が集まっている。みんななにかを、こちらへ向けていた。

あれって、なんやっけ？　しばらく見てへんから、名前が出てこん。あれや、あれ。

スマホ？　うち、スマホで撮られてる？　地面が硬い……これ、コンクリート？

身体が濡れていた。煙に巻かれていたはずなのに、蓮華の身体はずぶ濡れであった。

あと、めっちゃ臭い。おえー。なんやねん、これ。ヘドロ臭い。

「姉ちゃん、大丈夫か！」

薄ら見覚えのある兄ちゃんがのぞき込んでいた。

これ誰やったっけ……ああ、そうやそうや。飲み屋で仲よくなった……一緒に阪神の試合見てて……優勝して……そんで、うちはカーネル・サンダースの代わりに、道頓堀落ちて……あれ？

「うち……生きてるぅ!?」

思いっきり跳びはねてしまう。

洋服を着ていた。中国風の漢服ではない。高そうに見えるが、実は二九八〇円《にーきゅっぱ》のジーンズに、縞のユニフォーム姿だ。頭は、黄色と黒のヘアバンドで長い髪をオールバックにしている。

「せやで。溺れるとこやったんや。姉ちゃん、助かったで！　よかったな。華《はな》ちゃん！」

――華。

そう。うちの名前……そんな名前やった。なんで、忘れてたんやろう。いいや、忘れてたわけやないけど……使う機会がなかったから、すっかりわからんなってた。

「華……せや。うち、華や」

華……はな……覚え込ませるように、自分の名前だった単語をくり返す。ううん、これがうちの名前や。

間もなく、救急車が到着して、華は意識があるまま搬送されるという、ちょっと珍しい体験をした。善意で呼んでくれたのだろうが、意識を取り戻してしまえば、なかなか恥ずかしい。でも、ネタにはなる。なんか、おもろい。救急車なんて、滅多にのられへんからな。タダやし。

一応、病院に運ばれたあとは、「無傷ですね」と言われた。綺麗にグリコのポーズで足から落ちたので、身体もあまり痛くない。道頓堀には様々な菌がおり、不衛生なので、念のために細菌検査もしてもらったが、幸い、なんともなかった。

翌日のデイリースポーツの一面では、もちろん、阪神タイガース優勝が報じられている。ああ、この一面を見たかったんや。と、華は報われた思いだった。拝んだ。

解せなかったのが、小さく「祝勝に道頓堀へ飛び込む女性」という見出しがあったことだ。一面の端っこのほうに、道頓堀へ落ちる華の写真が掲載されていた。うそっ。こんな新聞の載り方するぅ？　おもろ。ネタにしよ。

だいたい、うちはカーネル・サンダースの身代わりに落ちたんや。ほんで、溺れて死んで……あれ、死んでへんかった。なんで、うち死んだと思ってたんやろう？

なんだか、長い夢を見ていた気がする。

時間が経てば経つほど、夢の内容は思い出せなくなっていた。

大事な思い出を失っていく気がして寂しい。

夢やのに。


「え？　ほんまですか!?」

ネタばっかりではなく、いいこともあった。つとめている居酒屋たこ焼きチェーン店のエリアマネージャーに昇格したのだ。

やっと、華の業績が認められたらしい。これで、夢だった独立への道が近づいた。

じっくりと地盤を固めて……やっぱり、たこ焼き屋がしたい。

華は、その日もるんるんで仕事に励んだ。

「あ、華店長。新聞見たで。あれ、店長でしょ？」

「せやねん。うち、大阪を救ったんや！」

「ははは。なに言うてはるんですかぁ。ほんま、店長おもろいんやから」

「おもろいなんて、褒めても飴ちゃんしか出ぇへんで」

バイトの子との他愛もないおしゃべりも楽しい。今日は忙しいから、華もたこ焼きを焼こう。なにせ、阪神優勝の特別セールとして、たこ焼き無料サービスを店舗独自に開催したのだ。祭りや。このくらいはせなあかん。

くぼみの中に生地を流し込み、具材を盛っていく。てきぱきと、しゃきしゃきと、慣れた作業だった。

「店長……なんで、蛸入れてへんのですか？」

「へ？」

バイトの子に指摘され、華は鉄板を見おろした。

ふわふわに焼けつつある生地と、そこに盛られた具材。

しかしながら、たしかに、蛸が抜けていた。

「あれ……なんでやろ。一番大事なん忘れてたわ……」

たこ焼き無料サービスとはいえ、蛸抜きなど提供してしまえば店の信用を失う。華は慌てて、蛸も追加した。

つかれてるんやろか。蛸がないたこ焼きなんて、たこ焼きやない。

でも、蛸の代わりにチーズや牛すじを入れるのも、なかなかに美味しい。案外、悪くないものだ。前は邪道だと思っていたが、今はそれなりだと認めている。とくに、みんなで焼くとなんでも。

華が焼いた粉もんを、たくさん食べてもらえると、とにかく嬉しかった。今日もいっぱい二人前食べてもらお……誰に？　あ、お客さんに。

張り切った割には締まりのない日だった。阪神優勝して、浮かれすぎたんやろか。

華はシャキッとしない気持ちのまま、自宅へ帰った。

週末も、なんや締まりがなかった。

なにがいけないのだろう。

阪神が優勝した。救急車を堪能した。ネタで新聞デビューした。エリアマネージャーに昇格した。店が繁盛した……なにもかも、トントン拍子に上手くいっている。

それなのに、大事なものが抜けているような気がしてならなかった。

まるで、そう。蛸なしのたこ焼きや。

「華ぁ、ちょっと手伝ってや」

家でくつろいでいると、玄関から呼ばれた。オカンや。

「なんやねん、どないし――うそッ!?」

思わず、声が裏返ってしまった。

紫色のパンチパーマがトレードマークのオカン。虎の顔がプリントされたTシャツの上から、豹柄のベストを羽織っているスタイルは、もはや正装だ。華の見慣れたものだった。

その両手に持つスーパーの袋には、きゅうりが詰まっている。

山盛りどころではない。メガ盛り……いや、みちみち？　ビニールの袋が伸びてパツパツになるほどのきゅうりが、ていねいに押し込まれていた。それも、二袋。

「あー、重かったわ。スーパーで詰め放題やっててん」

「ああ、詰め放題」

「ほんまは華呼ぼうと思ったんやけど、面倒やったから、二回並んだんや」

「呼んだらよかったのに」

きゅうりが詰まった袋を持ちあげると、アホみたいな重量感があった。袋の口に、手で伸ばした形跡があり、きゅうり自体も実に綺麗に整列している。オカンが本気で、一本でも多く詰め込もうとしたのがうかがえた。

「一袋なんぼやと思う?」

オカンは誇らしげに聞いてきた。華はやや悩みながら、「千円」と予想を答える。スーパーの袋いっぱいだ。一本百円と計算しても、めちゃくちゃ安くつく。

「ぶっぶー。五百円や!」

「うそっ! ほんまに!? オカンすご!」

「オカンやない。マダムや!」

やはり、オカンは買い物上手だ。さすがは、大阪マダム。オバハン言うたら、絞められる。

しかしながら、これだけのきゅうり、どうやって食べようか。お買い得は最高にいい言葉だが、たまに後先を考えなくなってしまう。「タダ」と書かれていれば、小石でも持って帰ってしまうのがオカンである。

結局、ほとんど漬物にすることにした。いつもキャベツの芯や人参《にんじん》の皮を突っ込んでいる糠床《ぬかどこ》に仲間入り。入り切らんのは、味噌《みそ》に突っ込んだり、浅漬けにしたりした。

一本分だけ、お昼ご飯のお素麺《そうめん》の薬味にしてみる。ちょうどお素麺が残っていたのだ。もう秋だが、来年まで残すよりいい。

『邪魔するで』

『邪魔するんやったら帰ってやー』

『はいよー……なんでやコルァ!』

なんとなしに、テレビをつけたら吉本新喜劇を放送していた。つるつるのお素麺とシャキシャキのきゅうりを咀嚼《そしゃく》しながら、新喜劇。

めっちゃ休日って感じするわ。

土曜日の昼下がり。夕方から、また仕事をがんばれる。

それにしたって、なにかが足りない気がする。

ずっとだ。

リアルは確実に充実しているのに。いや、恋人はおらへんけど。

——……華《か》。


ん。今、誰か呼んだ？

華はビクリと肩を震わせて、きょろきょろと周囲を見回した。

いつものお茶の間だ。掛け時計は微妙に五分くらいズレてて、壁にクマみたいな形の大きなシミがある。その隣には、色あせたバースのポスターが貼ってあるだけだ。

まさか、バースがしゃべった？　いや、そんな。

でも……なんか、聞いたことある声。


——蓮華《れんか》。


また名前を呼ばれた。

れん……か？　ちゃう。うちは、華《はな》や。

華は否定するように、思わず首を横にふった。

「華、どないしたん？」

オカンが心配して、華の顔をのぞき込んだ。顔色が悪いのだろうか。もしかして、きゅうりにあたった？

「いや、なんでもあらへん……お素麺、美味しいね」

華は当たり障りなく答えた。キレはない。もっと面白いことを言いたいのに。

「せやろ。このお素麺はお母ちゃんが一本ずつ、伸ばして作ったんや」

オカンは得意げに笑いながら、ビョーンと両手で糸を一本ずつ伸ばす仕草をした。

「んなわけあるかーい!」

すかさず、華がツッコミを入れる。

「バレてもうた。ほんまはな、蓮華の着てる服の糸ほぐして、一本ずつ用意したんやで。心して食べや」

オカンはさらにボケを重ねてきた。

華は、ツッコミを入れようとして、はたと気がつく。


――蓮華。早く帰ってこい。


うちの……名前……。

華――蓮華は窓ガラスをふり返る。

そこに映るのは、シュッとした顔の別嬪さんであった。目元がキリッと涼やかで、やや冷たい印象がある。髪も床につくほど長くて、キンピカの髪飾りが光っていた。

どこかの国のお姫様のような――けど、しっくりくる。

「蓮華、気つけて行ってきぃや」

オカンがにっこりと笑ってくれた。しわくちゃの顔が、どことなく愛嬌があって……途端に物悲しくなる。

これ、夢なんやなぁ……。

気づいてしまい、蓮華はお素麺のつゆと、箸を置いた。

「うち……オカンみたいな女に、ずっとなりたかったんや」

いつのまにか、テレビの吉本新喜劇は消えて、静かになっていた。

「そりゃあ、ケチでうるさいオバハンかもしれんけど……うちにとっては、立派な大人やったから。オカンよりも立派な大人、おらへんかったんや」

父は早くに死んでしまって、顔もおぼえていない。「これが、お父ちゃんみたいなもんやで」って見せられ続けたのは、バースのポストカードだった。たぶん、五歳くらいまで信じてたわ。

そんなオカンやったけど、ちゃんとしてた。

ほんまに、ちゃんとしてた。

些細《ささい》なことが原因で、クラスにいじめが起きたとき。蓮華は当事者ではなかったが、いじめられていた子を庇《かば》った。それが原因で、私物がなくなるようになってしまう。

先生に言っても、知らんふり。誰も関わってくれなかった。

でも、オカンはちゃんと蓮華の話を聞いてくれた。どうすればいいのか、一緒に考えてくれた。「とにかく、毎日派手に目立てばええねん！　威嚇や！」って、豹柄の私服を着て学校へ行ったのは的外れだった気がするのだが……一緒に戦ってくれて、嬉しかったんや。

オカンはドケチで、うるさかったけど……誰よりも優しくて、強《したた》かで、かっこよかったんや。アホがつくほどお人好しで、お節介やった。

大人になったら、こんな女になろう。

オカンみたいな大阪マダムになろう。

強くてかっこいい大阪の女になるんや。

「うち、ちょっとはオカンみたいになってる？」

オカンは、なにも答えてくれなかった。笑ったまま、黙って蓮華を見ている。ただ、「はよ行き」と言わんばかりに、手をふった。

「ほな、行ってくるわ」

たぶん、帰ってこられない。蓮華の帰るところは……もうここではないのだ。

立ちあがると、絹が擦れる音がした。朱を基調とした美しい襦裙をまとっている。

玄関へ向かって歩くと、虎柄の肩掛けも現れた。

背筋を伸ばして、できるだけふり返らないようにする。ここにいたいと思ってしまうかもしれないから……蓮華は、もう大阪ではなく、凰朔の人間なのだ。

それでも、玄関を開けて最後だけはうしろを確認する。

「がんばるんやで」

オカンが立っていた。

蓮華は手を伸ばし、届く寸前で引っ込める。

あんな死に方をしてしまったせいで、お別れも言えなかった。本当のオカンはどう思っているのだろう。ネタにしてくれてるやろか？

だから、夢の中でもお別れができるのは……すっきりする。


「オカン、元気で過ごすんやで」

うちは、向こうでがんばるから。

……って、そういや、うち向こうでも死にかけてるんやなかったっけ！

❁　❁　❁

蓮華の閉じ込められている倉庫は宮廷の外らしい。大宴の出入りに乗じて、外へ連れ出されたというわけだ。

天明と傑は煙に向けて急ぐ。

外で火事が起きても、宮廷内ほどは気にされない。

遼星霞の誤算は、肝心の仙仙が偽物だったことだが……。

「止まれ！」

倉庫が直接見える位置まで来ると、潜んでいた男が襲ってきた。やはり、衛士の格好をしている。警備強化のために各家の私兵も交ざっていたと聞く。次の宴席や儀礼では、この欠点を塞いでおく必要があるな。清藍に改善させよう。と、天明は考える。

「ふっ！」

宝剣をふり、刀身で男の顔を殴打する。

さすがに、儀礼用の宝剣を振り回すのは適していなかった。斬れないので柄や鞘《さや》で殴るしかないのだが、無駄な装飾があるせいで、とにかく重い。

「すまねぇ……あんま役に立てなくて……いや、です」

傑は天明についてきているが、やはり毒が抜け切らず顔色が悪かった。待っていてくれてもよかったのだが、「蓮華と約束したんでぇ！」と言って聞かないのだ。

「無理をしてしゃべる必要はない」

妙な口調には、蓮華で慣れている。不本意ながら。

「へへ。ありがてぇ……っと」

突然、傑が身を翻す。

小柄ながら大変素早い動きだ。そして、身軽に足を大きく蹴り上げた。そこへ、うしろから襲いかかろうとしていた男の顎が当たる。衝撃に仰《の》け反る男に傑は飛びかかり、拳を叩き込む。

不調を感じさせない動作に、天明は感心するしかなかった。さすがは、仙仙の護衛を買っているだけある。それでも、息があがっているので、限界は近いのだろう。長持ちはしそうにない。

「大丈夫《でぇじょうぶ》だ……」

傑は立ちあがり、懸命に倉庫を目指した。

もう火の手が回っており、中にいる蓮華の安否が心配だ。だのに、またぞろぞろと、見張りの男が出てくるではないか。数は、三人。

「蓮華を助けてこい」

天明は傑に言い、場を引き受ける。

傑は戸惑っていたが、すぐに走った。

いい加減、鞘におさめたままでは、剣がふりにくい。斬れなくともいいので、天明は刀身を鞘から抜いた。

美しい刃の波紋と、細やかな彫り込みが太陽に光る。宝剣に彫られた模様は天へのぼる龍を模《かたど》っていた。天明が即位してから、この意匠の装飾が多用されている。「天」は天明の名から。龍は皇帝を象徴しているからだ……蓮華からは、銅鑼権頭《どらごんず》とか言われたが。

美しいだけで鉄製の棒程度の役目しかない宝剣で殴りつけながら、天明は思う。これは皇帝の職務か、と。しかしながら、妃は皇帝が庇護すべきだ。命の危機にあるというのなら、夫が救わねばなるまい。

いささか、踏み込みすぎている自覚はあるが……天明は蓮華に救われたのだ。動かぬことは見殺しにするのと同じだと思われた。

不平等で、為政者らしからぬ考えでもある。

「ぐっ……」

最後の一人となった男が逃げていく。

賊は残さず捕縛しておきたい。天明はとっさに、剣の鞘を男の足元に向けて投げる。

鞘は男の足に絡まり、呆気《あっけ》なく転倒させた。

天明は追いつき、胴に剣を振りおろす。数回剣戟《けんげき》をしただけで、刃は使いものにならなくなっていた。それでも、殴打はできる。殴られた衝撃で男は気絶してしまった。

倉庫を見遣ると扉が開いており、中から火と煙が噴き出ている。傑は無事に扉をこじ開けたようだ。

「はあ……はあ……ッ」

小さな身体で、傑が妃を背負っている。傑に背負われた蓮華の身体からは力が抜けており、遠目には生きているのか、死んでいるのかもわからない。

天明は周囲にもう誰もいないか確認し、蓮華に駆け寄った。

「おい、しっかりしやがれ」

傑が腕の中で眠る蓮華を揺り起こす。

わずかに蓮華の瞼《まぶた》が動いた。傑も天明も安堵の表情をする。

「ん……オカン……？」

またわけのわからない言葉をつぶやいている。薄らと瞼を開ける蓮華の顔を、傑がのぞき込んだ。天明は急につかれが増して、息をつく。

「蓮華、ちゃあんと帰ってきてやったぞ」

傑が声をかけると、ようやく蓮華の視点が定まる。傑を見あげて、細い腕にすがりつくように抱きついた。よほど怖かったのだろう。煤《すす》だらけの頬に涙が一筋流れた。

「傑……ありがとな……めっちゃ嬉しい……」

「あったぼうよ。俺ァ、約束は守るんだ」

ひとまず、蓮華が気がついてよかった。やっと、天明の気が安まる。

傑の顔を見て安心したのか、蓮華はすぐに眠ってしまった。

ふと、天明は思う。

俺が一番動いたのに、無視されたような気がする……。

❁　❁　❁

私は大丈夫。

だって、お父様から褒めてもらえるのだもの。

星霞にとって、他者からの評価は絶対であった。

とくに、父である遼博宇からの称賛は、何物にも代えがたい。

王淑妃を始末すれば、父は星霞を褒めてくれる。いつもそうだった。星霞は期待され、応えてきたのだ。

一方で、星霞の叔母は「期待外れ」という評価を下されていた。

齊家の娘として後宮へあがり、齊貴妃となった女性だ。帝位継承権を持つ皇子を産んだというのに……あと一歩のところで、即位は叶わなかった。最黎皇子は優秀でありながら、皇帝になれなかったのだ。

代わりに、秀蘭の子が皇帝となった。

縁深い齊家から皇帝が出れば、遼家の地位は確実にあがっただろう。だが、蓋を開けれは逆である。

遼博宇は齊貴妃をたびたび謗《そし》る言葉を口にしていた。齊貴妃が幼かった天明の暗殺に失敗したからだと、星霞は教えられている。

くれぐれも、後宮へ入ったら、齊貴妃のようにはなるな。これが遼博宇の命令であり、教育であった。

でも、星霞はちがう。

星霞は齊貴妃とちがい、遼博宇から褒めてもらえる。

役立たずなどではない。

ちゃんと役に立っている。

蓮華の毒殺には失敗したが、あれは協力関係を反故《ほご》にした皇帝が悪いのだ。それは、父だってちゃんとわかって、次の機会をくれた。

大丈夫。

私は役に立っているもの。

星霞は遼家の屋敷で父を待ちながら期待に胸を膨らませる。

蓮華に毒を盛ったときとちがい、今回は大胆に動いてしまった。これ以上、後宮に身を置くのは危険なので、屋敷へ帰ってこいとのお達しだ。しばらくは、遼家が星霞を守ってくれることになっている。

今ごろ、後宮は大変な騒ぎだろう。

あそこに、もう星霞の居場所はない。

もとより、そのつもりもなかった。


――うん、めっちゃ美味しい！　最高やわ。料理の才能もあるんとちゃう？


胸に……黒い靄《もや》のようなものがかかり、感情が遮られる。

蓮華を巻き込んだのは想定外だった。だが、星霞の判断はまちがっていなかったと確信している。

でも。

遼博宇以外の評価が心から嬉しいと感じたのは、初めてだった。蓮華に褒めてもらうのは、とても嬉しかったのだ。

毒を盛ってしまって、申し訳なかったとも思っている。そして、蓮華は今、王淑妃と一緒に……。

——あんた、おかしいわ。

蓮華はあきらめていなかった。

星霞に失望し、突き放すと思っていた。けれども、蓮華の目から希望は消えていなかったように感じる。星霞とわかりあえず、悔しい。でも、まだなんとかできるのではないか。そう考えているようだった。

星霞を叱ってくれようとしている。

突き放すのではなく、星霞を受け入れる方法を探していた。

そして、星霞も期待してしまう。

もしかすると、蓮華となら本当のお友達になれたのかもしれない。

星霞を理解して、受け入れてくれたかもしれない。

いつも褒めてもらいたかった。星霞は他者から褒められるのが、なによりも心地よかった。

なのに、初めて。

蓮華になら、叱られてもいいと感じた。

それはきっと、星霞を理解するための叱咤だから——。

もっと、話ができれば——。

遅い。このことは、もう考えてはいけないのだ。

「………!」

扉の向こうで気配がした。

きっと、父だ。

星霞を褒めてくれる。

期待の眼差しで顔をあげた。

私は役に立ちましたよね?

四

政の取り決めは廟堂《びようどう》にて行われる。

普段の政務とはちがい、この場での皇帝の発言は勅令として扱われた。高官や主要貴族たちが一堂に会し謁見する。そのため、ここでは貴族への報奨や報告がされることもある。

そして、糾弾の場としても。

本日、ここで天明が糾弾するのは、遼星霞だ。淑妃である王仙仙ならびに、徳妃の鴻蓮華の殺害を企てた罪で。

それをもって、遼博宇を追い落とす。

仙仙と蓮華は大事に至っておらず、二人とも療養中であった。

「遼博宇、前へ」

天井が高く、広い廟堂では声がよく響く。明朗な言葉は反響し、幾重にも重なっていった。まるで、四方から声が聞こえてくるような感覚に陥る。これは、廟堂そのものが、そのような効果を生むように計算された建築になっているからだ。

国において皇帝は、天を司《つかさど》る者。政は祭事でもある。廟堂は、天の神聖さと威光を誇示する場としても機能しなければならない。

「ここに」

呼びかけに応じて、大勢の貴族たちの中から、遼博宇が前に出る。笑顔のように見えるが、腹の底ではなにを考えているのかわからない男だ。

「主上」

遼博宇は白々しくも、深々と頭を垂れた。

天明は、玉座から冷ややかにそれを見おろす。横に立つ秀蘭の顔も同様だ。

言い逃れはできない。

一連の犯行は星霞によるものだと裏づける証拠がいくつもある。

衛士に扮《ふん》していた男たちも口を割ったし、回収した滑り止めからも毒が見つかった。

蓮華たちも救出され、星霞の名が出てきている。星霞本人の身柄を確保できなかったのは痛手であるが、遼博宇が匿《かくま》っているのは明白だった。

ただ。


——おねがいや。主上さん……星霞を許したって……。


どこまで、お人好しなのだ、あの妃は。

まだ本調子ではない蓮華が、わざわざ天明に乞うたのは星霞に対する減刑だった。

これだけ証拠がそろっていれば、犯した罪の重さからも処罰は免れない。しかも、彼女は二度目だ。死罪が妥当だろう。

だのに、蓮華は星霞の減刑を訴えていた。

流罪、という選択も浮かんだが、適切な処遇ではない。これは非情などではなく、当然の判断だ。

もう、遼星霞および遼博宇の処遇は決まっている。情状酌量の余地など一切ない。

「主上。お話の前に、お見せしたいものがございます」

遼博宇の声は淀みなく、廟堂に響く。あまりの堂々たる態度に、劉清藍など本日の糾弾内容を知る者に、動揺の色が見える。

だが、天明は冷静にかまえた。なにを見せられても、証拠はそろっているのだ。焦る必要がない。

「見せよ」

「御意」

この段になり、遼博宇のうしろから、側仕えの青年が歩み出る。

遼紫耀という名だと記憶していた。佇《たたず》まいや顔立ちが整っており、あまり遼博宇とは似ていない。が、取り立てて、目立つ要素のない男だ。

「こちらに」

紫耀はみなに見せつけるよう、木箱を床に置く。

重量感のある音が何重にも、廟堂へ反響した。

周囲が静まり返る。

「――――ッ！」

秀蘭が口元を押さえた。

天明も、思わず息を吞む。

木箱から現れたのは、遼星霞の首だった。

「先の王淑妃、ならびに鴻徳妃への不敬行為。すべて、我が娘の企てにございます。身内の不始末を謝罪するため、こちらを主上に献上いたします。もちろん、後宮でのできごととはいえ、当家の監督不行き届きが招いた結果。この遼博宇、いかなる処分も受け入れるつもりです」

どの口が……！　天明は思わず吐き捨てそうになったが、呑み込む。見え透いた話が不貞不貞《ふてぶて》しい。薄気味悪さすら感じた。

残念ながら遼博宇が星霞に指示を出したという証拠は、蓮華たちの証言しかない。そのうえ、蓮華に至っては偶発的に巻き込まれたと本人も証言していた。

星霞が自分の判断ですべてを実行したとは思えない。

裏に遼博宇がいるのは明白だ。延州からの旅路で仙仙が襲撃された点もあわせれば尚《なお》のこと。それでも白を切る遼博宇を、天明は理解できない。

天明は遼博宇が娘を匿うものと思っていた。しかし、遼博宇は逆の行いをする。予測できなかった。否、至極、合理的だろう。それなのに、天明には、遼博宇がこの選択をするという可能性が頭に浮かばなかった。

「言い逃れできるわけが――」

「何卒《なにとぞ》、寛大な御沙汰を」

どこからか、声があがる。反秀蘭派の者どもなのは明らかだった。

「主上、寛大なご判断を」

またた。

声は波紋のように広がり、大きなうねりとなっていく。

その様を前に、天明はなにも口にすることができなかった。

親が娘の命を使うなど、天明には考えられない。それは、天明が実の母である秀蘭から、守られてきたからだろう。だから、遼博宇にも、星霞を想《おも》う心があるのだと思い込んでいた。

世界がゆがんでいくようだ。最黎なら、このような失敗はしなかった――と、考えてしまう。

額に手を当て、一旦、視界を覆い隠す。

吐き気がする。

遼博宇のことも。その行動が読めなかった天明の甘さも。一度、目を背けたかった。

いくら深く息を吸っても、苦しい。

まだだ。

俺は、まだ弱い。

勝利投手　大阪マダム、六甲颪《ろっこうおろし》に颯爽《さっそう》と！

一

六甲颪に颯爽と～♪

蒼天《そうてん》翔《か》ける日輪の～♪


ああ、野球がしたいなぁ。蓮華は寝台の上で『阪神タイガースの歌《六甲おろし》』を歌いながら、ごろんごろんと転がる。そのたびに手首や足首が若干の痛みを持った。

キツく縛られ、長時間放置されたせいだ。だいぶよくなったのだが、数日は続くと言われた。

遼博宇の行動と、星霞については颯馬から聞いている。正直、ショックが大きすぎて、今とても気落ちしていた。辛うじてごはんは喉を通るが、量は食べられない。

陽珊から絶対安静を言い渡され、寝台でずっと過ごしているが、実のところ、あまり眠れていなかった。

眠ると、星霞の夢を見るのだ。

野球をしていたときの嬉しそうな顔が本当に魅力的だった。夢でも一緒に野球をするのだが……だんだん倉庫での記憶を思い出してしまう。

そして、最後は首だけの姿になって、蓮華に問うのだ。


——蓮華様、どうして助けてくださらなかったの？


いつも、ここで目が覚めた。

起きると、朝まで眠れなくなる。また眠ると、夢の続きで星霞に責められるような気がして。

天明は最初、星霞がどうなったのか蓮華に伝わらないようにしていた。だが、蓮華がしつこく文を書いたので、颯馬が教えてくれたのだ。

天明が伝えないようにした理由は、なんとなくわかる。蓮華がショックを受けると思ったのだろう。実際、これ以上にないほど落ち込んでいる。

星霞に毒を盛られたときよりも、倉庫で話しあえなかったときよりも……ずっと、蓮華はしょげていた。あのとき、もっと星霞と話しておけば……。

身体を動かすくらいしか、気を紛らわせる手段がない。運動でもすれば頭が空っぽになって、嫌なことも忘れられる。夢を見ないくらい疲れてしまえば、ぐっすりと眠れるかもしれない。

「野球がしたいー……」

野球がしたい。野球がしたい。もう、六甲おろしの熱唱も飽きた。ちょっと手足が痛いけど、我慢できる。思いっきり、バットをふってボールを投げたい。

「れ、蓮華様！　な、なにを!?」

寝台の上で「野球がしたい」を訴えているところに陽珊が入室した。大した怪我もないのに、絶対安静を遵守させようとしてくる侍女だ。

「なにって、ヨガや。野球ができへんから」

「よ、余雅《よが》……ですか？　そ、その珍妙な動きは……」

「英雄のポーズや」

足を前後に開き、両手を天井へ向けて突き立てる。背筋をゆっくり伸ばしてそらせるのが、ポイントだ。身体がしっかり伸びている感覚が気持ちいい。

「まあまあ、かっこええやろ？」

「そ、それはどうでもいいのです」

「どうでもええんかい！」

「突っ込みもどうでもいいので……蓮華様、ご支度を」

って、支度？　蓮華はヨガをやめ、首を傾げた。

「王淑妃がお待ちです」

一応、お客様が来られたということで、蓮華は一時的に無駄な絶対安静を解除される。久々に、ちゃんとした服をまとうと、気持ちがシャキッとした。

もちろん、今日も虎柄コーデだ。ちょっとオシャレに、帯を虎柄にしてみた。どや。

「陽珊、王淑妃と一緒に侍女も来とる?」

「ええ、おいでですよ」

「せやったら、部屋にはうち一人が入るわ。王淑妃と傑、三人だけで話したいねん」

陽珊は心配そうな顔になったが、「では、外にひかえております」と了承した。

その約束どおりに、陽珊は応接間へ着くと、入口の外で立ち止まる。いつも、天明が訪問する際にも、彼女は会話を詮索しない。厳しいところはあるが、蓮華の言いつけはよく守ってくれる侍女だ。

蓮華はできるだけにこやかに、応接間へ入室した。

「邪魔するで!」

当然のように、中から「邪魔するなら帰ってー」とは返ってこなかった。これだから、東京モンは。

「改めまして、鴻徳妃。王仙仙と申します」

そう言って立ちあがったのは、小柄な妃だ。

若草色の襦裙と、桃色を基調とした装飾品が瑞々しくて可憐な印象をもたらす。左目だけ微かに青味を帯びた双眸《そうぼう》が、しっかりと蓮華を見ていた。

一発でわかった。本物の仙仙だ。

「改めてあいさつするんは、これか初めてですね。鴻蓮華ですわ」

仙仙のうしろに、本物の傑がひかえていた。傑は眼帯をとり、「よう」と軽く手をあげる。頬には痣のような化粧が施されていた。

「今日は入れ替わってはるんですね……やなくて、こっちが正しいんか」

蓮華と仙仙は互いに席へついた。仙仙は洗練された仕草で、少しだけ微笑んだ。

「はい。これが本来の姿です。偽っていたこと、お許しください。謝罪の証《あかし》として、祖国に碑を三十三建てる用意がございます。それで許していただけないでしょうか」

「大げさやわ!」

「では、あと四つ……」

「なんでや!　数は関係ないやろ!」

つい、ツッコミを入れてしまった。が、仙仙は「そうでしょうか」と大真面目に返す。うそっ、本気やった。

「此度は巻き込んでしまったことを、重ねてお詫《わ》びします。鴻徳妃には関係がなかったのに……」

「関係ないことないわ。だって、王家は主上さんにとって、大事な商売相手や。せやったら、関係あります。本当の寵妃やないけど……でも、うちだって契約関係なんや。うん。巻き込んだなんて、思わんといてください」

「鴻徳妃……いいえ。あなたばかりではありません。妾は、傑も……せっかく、お役に立とうと延州を出たのに、迷惑ばかり」

仙仙は目を伏せ、拳を震わせていた。

「気にすることたぁないって、いっつも言ってんだろうが」

ここで傑がようやく口を開き、仙仙の肩に触れる。

「俺が仙仙を気に入ったんだ。迷惑なんてねぇよ」

蓮華は、仙仙と傑が出会ったときの話は聞いていた。

その先について、傑が語りはじめる。

仙仙を保護し、事情を聞いた傑は、護衛も兼ねて山を抜けるまでの道案内を買って出たらしい。馬車は壊れたが、すぐに修理できた。なにせ、傑の前世は大工だ。それなりに物作りは心得ていた。

馬車をなおし、護衛をしながら山道を進む途中、二人は様々な話をしたという。

傑はまず、どうして仙仙が最低限の供しか連れず、都へ行くのか気になった。貴族のお姫様なら、大名行列でもすればいいのだ。

しかし、延州はようやく大がかりな堤防工事に着手したばかりだった。後宮へ入る仙仙のために人を割くくらいならば、そちらに回してほしい。そう言って、最低限の供だけを連れて延州を出たのである。

そのとき、傑は仙仙を「変わった貴族だな」と、思った。

前世の世界には、すでに貴族などというものはいなくなっていた。転生してから、どこの貴族がひどいだとか、誰が悪事を働いているだとか、そういう話を伝え聞いた程度である。だが、どこかで、下民を見下し、あぐらをかく連中だとわかっていた。

そんな貴族像と、仙仙はまったくちがう。

延州は凰朔切っての翡翠の産地だが、水害が多く、決して万民が恵まれているわけではない。仙仙や王家の人々は、困った民に施しを与えていた。数日に一度は街を見て、定期的に田畑の様子も確認する。仙仙自身も、幼いころから民と触れあい、ともに在り続けた。彼女が後宮へ行くのを決意したのも、延州のためだ。自分が嫁ぎ、皇帝との結びつきが強くなるなら。と、自ら申し出て。

仙仙は覚悟のうえで延州を旅立ったのだ。

「俺ァ、そういう女が好きだからよ」

傑は、へへっと鼻の下を掻きながら、ニカッと笑う。

「仙仙が自分で決めたように、俺だって決めたんだ。だから、巻き込まれたわけじゃあねぇ」

それで、傑が仙仙に、仙仙が傑になり、後宮へ入ったのだ。道中のように、また遼家から仕掛けられる可能性が高い。傑は仙仙の身代わりとなった。

「…………」

仙仙は、ずっと浮かない顔だった。

「妾は覚悟して此処へ来ました。それなのに、身代わりを立ててのうのうとしているなど……一度は了承しましたが、やはり、妾は己を許せません」

傑を巻き込んだ。それだけではないのだ。

「仙仙は――ああ、ごめんな。王淑妃って呼ぶと、どっちかわからんなるから……仙仙は、めっちゃ責任感があるんやね。えらいわ」

仙仙は覚悟して後宮へ来た。なのに、身代わりを立てている自分が許せないのだ。わからんようで、わかる気もする。蓮華だって、嫌だろう。ほかの誰かが危険な目に遭うと思ったら、なおさらだ。

「責任感など……なにも成せぬのは、意味がないのです。妾は、まだなにも成しておりません。なにも成さねば、いなくなるのと同じでございます。妾は故郷に建てる碑がなにもありません」

あ、結局、なんか建てなあかんのやね。

「傑は妾を駄目にするのです……甘えてばかりいられません。これからは、妾が王淑妃です。もう決めたのです」

人を駄目にするほにゃららでもあるまいし。しかし、仙仙は強い覚悟を持っているようだった。

傑は不服そうに口を尖《とが》らせる。

「だけどよぉ。野球はどうすんだ？　仙仙、野球やらねぇだろ」

指摘されて、仙仙は表情を固まらせた。

傑は王淑妃として大宴の試合で、ホームランを連発した。その光景は、後宮にいる誰もが記憶しているだろう。そして、皇城の官吏や貴族たちも。

「や、野球のときだけ……傑のお世話になります」

仙仙は苦し紛れに言いながら目をそらす。

「そうや。仙仙も野球やればええんや。うちが教えたるから！」

「え、ええ!?　あ、あれを、妾も……？　できるかしら……」

「せや。後宮のお妃さん、みんなやってるで」

「た、たしかに……どこを見ても……」

「うちの経営する芙蓉虎団に入団すればええ！」

ここぞとばかりに、蓮華は仙仙の前に迫った。仙仙は困った様子で顔をそらすが、これは脈ありだ。畳みかけ——。

「待った待った！　タイガース？　誰が入るか。これから、俺が最強の球団を作るって決めちまったんだよ！」

バンッと傑が机を叩き、堂々と宣言する。

「水仙巨人軍《すいせん・じゃいあんつ》だ！　やっぱ、ジャイアンツは外せねぇだろ。球団も増えりゃあ、シケたリーグも盛りあがるってもんよ」

「シケたってなんやねん！　シケたって！　盛りあがってるわ、ドアホ！」

傑が球団を作りたいと言い出すのは想定していたが、売り言葉に買い言葉。条件反射のように対抗してしまっていた。

野球や球団名がよくわからない仙仙は、会話には入れず呆気にとられている。

「ええわ！　ほんまもんの阪神巨人戦で決着や。絶対に負けへんからな！」

「巨人阪神戦、望むところでぇ！　お前さんのヒョロっちぃ球なんか、何回でも打ってやっからよ！」

「くぁああ！　猛虎魂舐めたらあかんで。絶対絶対負けへんからな。大宴の成績が振るわんかったんは、劉貴妃に出し抜かれたからや！　もう絶対打たせへん！」

「その一方的な対抗心、阪神らしくてめでてぇな！」

「一方的ってなんやねん、一方的ってぇ！」

たしかに、全体の戦績では巨人に劣るけれど——これ以上、考えんとこ。傑は知らないだろうが、蓮華が死んだ年の阪神は最高に強かったのだから。うん。

そのあとも、傑との言いあいはしばらく続いた。野球の話に留まらず、蕎麦つゆが黒すぎるとか、動く歩道で歩かへんのキッショいとか、エスカレーターで右に立つんはグローバルスタンダードとか、なんかいろいろ主張した。

最終的に声が大きくなりすぎて、ひかえていた陽珊が仲裁に入ってくるまで続く。

そのころには……なんか、いろいろどうでもよくなっていた。

一頻《ひとしき》り騒いだし、たこ焼き食べて寝よ。と、思える程度には。

二

夜に、天明が来ると聞いていつものように準備をした。いちいち身体を拭かれて着替えをするのにも慣れてきたが、面倒なものは面倒だ。

しかし、粉もんの用意は忘れない。今日はなぜか、天明から「たこ焼き」を注文されていた。向こうからメニューを指定してくるなんて、珍しい。断る理由はないので、蓮華はたこ焼きプレートを用意した。

まあ……あいかわらず、蛸がないんやけど。

ほぐした干し魚に、煮込んだ牛肉、パイナップル、チーズ。そろそろ、これらの具材にも馴染んできた。蛸がないのは本当に寂しい。寂しいのだけど、こっちだって美味しくないわけではない。むしろ、美味しい。寂しくなんて……やっぱ、寂しい。蛸欲しい。ほんまもんのたこ焼き、食べたい！

「……いつもと変わらないのだな」

たこ焼きプレートが用意された寝所を見て、天明はなぜかため息をついた。どうして、このような反応になるのか蓮華にはよくわからない。

「もっと、気落ちしているものだと思った」

「あー……めっちゃしょげしょげですよ。せやけど、いつまでもしょげてるわけにも、いかへんんから」

傑と関西関東対決をしたおかげですっきりはしたが、回復したわけではない。

「眠れていないと聞いたが」

「それは、まあ。でも、今日は疲れたから、よう眠れるかもしれません」

実際に目の当たりにしたわけでもないのに、星霞の首を想像してしまう。目を閉じただけで、ぞっとした。

きっと、天明は星霞に正しく罰を下しただろう。蓮華の希望を聞かず、減刑はしなかったと思う。それが正解なのだ。でも……星霞の死因は刑罰ではない。星霞は身内に、しかも、自分が一番依存していた遼博宇によって――。

「まあ、うちは放っといたらなおりますから……主上さんのほうが、お疲れの顔してはるよ。大丈夫ですか？　飴ちゃん、いる？」

なんとか話題を変えたくて、蓮華は桃味の飴を差し出した。

「お前は……」

天明は素直に手を伸ばしてきた。めっちゃ飴をもらってくれるので、こっちも気分がよくなる。

けれども、天明の手は飴ではなく、蓮華の手首をつかんだ。そして、むずかしそうな顔で、こちらを見つめてくる。

ん。なんこれ？

「主上さん？」

両目を瞬かせていると、天明は本日二度目のため息。そんなにため息ばかりついてると、幸せ逃げていきまっせ？

「なんでもない」

なんでもないって、なんやねん。意味わからん。蓮華が首を傾げると、天明はようやく手首を離してくれた。

「遼星霞の件、本当にすまなかった。遼家が庇うと高をくって、捕らえ損ねた俺の誤りだ。正しい手順であったなら——最期に少し、話させてやれたかもしれない」

星霞と、話を。

天明はやはり、星霞を正しく裁こうとした。しかし、蓮華と星霞が話しあう機会を作るつもりがあったのだ。蓮華のために。

そうすれば、最期に……星霞とわかりあえたかもしれない。無理だったとしても、後悔の大きさは変わる。

「やっぱり、主上さん……優しいんやね」

思わず、頭をなでなでしてしまう。子供のような扱いに、天明は心底嫌そうな表情を浮かべたが、蓮華の手を払うことはしなかった。

「そ……それよりも、お前が欲しているものを用意してやったのだ」

天明が話題を無理やり変えようとする。

「はい？」

なにを用意してくれたのだろう。自信がありそうだった。いつになく、にんまりと口角をあげている。本人には、このような顔になっている自覚はないだろう。

そういえば、天明は、わざわざ今日、たこ焼きが食べたいと注文をしている。本当に珍しい。出されたものは残さず平らげるが、自分からメニューを指定するのはレア